パパイヤ・ママイヤ

これは、わたしたちの一夏の物語。

他の誰にも味わうことのできない、わたしたちの秘密。

もしもあなたがわたしの撮った写真を持っているなら話はちょっと変わってくるけど、そのほとんどは世界に一枚しか存在しないものだし、そもそも、誰かさんを差しおいてあなたがそれを手に入れるなんて絶対にありえない。

わたしにしたって、この夏の写真のことは、もう言葉で説明するのがやっと。例えば、あの日あの時、わたしたちの物語の入口を写した一枚。


笹藪《ささやぶ》の間に空いた砂利道をふさぐように建っている灰色のフェンス。網目にはいくつかの案内板が備えつけてある。南京錠《ナンキンじょう》を付けた閂《かんぬき》が通されているけれど、フェンスと藪の間には人が通れるぐらいの隙間があって、そばには「歩行者通路」と書かれた赤いコーンが置いてある。

六月の終わり、午後五時を回って暑さは少しゆるんでいた。海辺の町の片隅にある、田んぼと笹藪に挟まれた細い道は、陽光をさえぎられて薄暗く感じられる。

そこを一人、パパイヤが歩いてくる。

道がほとんど直角に折れるところにあるフェンスの前、パパイヤは立ち止まって二、三度、あたりを見回すと、取り付けられている案内板に顔を近づけた。

[ようこそ小櫃川《おびつがわ》河口干潟へ！]

スマートフォンで撮影してLINEで送ると、すぐに既読がついた。

「合ってるよ」

わたしからの返事を見たパパイヤは、覚悟を決めたように顎を引いて、恐る恐る中に入っていく。

人ひとりがやっと通れるほどのまっすぐな砂利道。左は笹がびっしり生い茂り、

小櫃川河口干潟は、その名の通り、小櫃川が東京湾に流れこむところにある。木更《きさら》津《づ》市の海沿いに広がる盤洲《ばんず》干潟のど真ん中。大潮の、満潮まであと一時間半という時だったから、前浜はみな水の中だ。

「海に出たら左ね」

LINEの指示を見直して、パパイヤは歩き出す。細く流れこんで行く手を遮る海にかけられた流木の連なりを渡り、砂が積もって小高くなった草地と波打ち際の、一メートルもない間を縫っていく。

流れ着いた雑多なものが散乱している浜。湿って黒ずんだ砂の上には、流木や貝がら、海藻の他にゴミも多く打ち上がり、ある物は砂に半ば埋まっている。空き缶、ペットボトル、おびただしい数の育苗ポット、カセットガスボンベ、インクの透けた平和島競艇場のラインマーカー、輪ゴムで束ねられたカロナール錠、発泡スチロール箱、ビールケース、培養土の空き袋、ポリタンク、クロックス片方。くすんだ色とりどり。

わたしは追加の指示を送った。

「そのまま小櫃川の河口まで来て、木の墓場みたいなとこ」

不安に駆られながらも、パパイヤはゆるく長いカーブを描く水際を歩く。濡《ぬ》れた砂に足をとられる。まっすぐ見通せるようになって広い河口が見えたら、その手前が待ち合わせの場所。

小さく打ち寄せる波の連なりの奥にそびえる松林の黒い影。その波打ち際には、立ち枯れたり倒れかけたりした木や流木が大小いくつも折り重なって、半分海に浸《つ》かっている。

寄ればそこもゴミだらけだ。カサカサ音のする方に目をやると、プラスチックの丼容器から、三匹のフナムシが出られなくなっている。足音にあせったか、突然、底の溝をぐるぐる回り出して、音はガサガサと騒がしいものに変わった。

パパイヤは不快そうに顔をしかめながら、すぐ下まで水が来ている倒木を一本、長い手足で身軽に乗り越える。

と、折れた木々の間へ導かれるようにして、奥の方まで視線が通った。

そこにわたしがいる。この人生がろくなものだと思えず、冷やかして回りたいような気分でいながら、そのくせこんな誰もいないところで、皮を剝《む》いて横たわっている木に腰かけて足をぶらぶらさせて、オーバーサイズのフィッシングベストを着て、ひとりぼっちで。

わたしたちの目はすぐに引き合った。

「ママイヤ?」とパパイヤは言った。

ちょっと笑って、ぶら下げていた足を引き上げてから、わたしは言った。

「ほんとに来たんだね、パパイヤ」


これが、わたしたちの初めての出会い。十七歳の夏の始まり。

それから起きたことに比べたら、どんなきっかけだったかも忘れてしまったSNSでのやりとりなんて、何の意味もないように思えた。わたしたちは特別に気が合ったとかそういうわけでもなかった。「親がむかつく」という共通点なら、お互いそういう人たちを随分とフォローしていたし、されてもいた。その中には、もっと沢山のやりとりを交わしている人もいた。

でも、その中の誰ひとりとして、わたしたちのようにはならなかった。もちろん、「どこ住み?」とか他人を真似《まね》てふざけて尋ねた時に、同じ県で、同じ市で、よくよく聞いてみたら五キロと離れていないところに住んでいるという偶然がなければ、こんなことにはならなかったと思う。でも、どうしてそうだったかなんて誰にもわからない。どうしてそうじゃなかったのか、誰にもわからないのと同じように。

わたしたちは、ひときわ大きな流木に腰かけた。樹皮が剝けてなめらかな木目は他のとちょっとちがって、ここで倒れた松ではないらしい。座り心地もいいし、ちょうど真ん中に倒れかかった松の幹が、二人の間に少しの距離をつくってくれるのも都合がよかった。

「テーブルとか肘掛けにもできる」

わたしが言うと、パパイヤはせっかくだからとそこに肘を置いた。長くてほっそりした腕はほんのり日に焼けたようで、わたしはちょっと見とれた。

最初は、SNSの思い出話だった。わたしが「おそろいにしようよ」と言って変えたパパイヤの前のハンドルネームが何だったかもわたしは忘れてしまっていた。そのやりとりに嫉妬した子がわたしをブロックしてあることないこと触れ回り、二人ともバカらしくなって退会したことなんかを、二人して好き放題に言いながらなぞっていった。

「それで会うのが、なんでここなの？」

「よく来るから」わたしは流木の上に膝を立てて言った。「誰もいなくていいでしょ」

「そりゃいないだろうけど」パパイヤは歩いて来た方を木々の隙間から見通した。そこはもう、すっかり海に閉ざされている。「こんなとこ来て、何してんの」

「ぼーっとしたり、本読んだり、写真撮ったり」

「写真？」

「これ」わたしは白いTシャツの上に羽織っているフィッシングベストの左胸のポケットからトイカメラを取り出した。レンズキャップが外れてぶら下がったけど気にしない。

「そんなのあるんだ」

「うん、まああちゃんと撮れるよ」と渡してやる。「フィルムだから現像するとちょっとおもしろい感じになる、はず」

「ふーん」手の中で転がすように見て「かわいい」とつぶやいたあと、パパイヤはカメラを海に向けて、ファインダーを覗《のぞ》きこんだ。「撮ってみていい？」

「いいよ」と笑みを浮かべてから言った。「フィルム巻いて」

「え？」

「右上のとこのダイヤル」

わたしが指さしたのをおっかなびっくり回したあと、パパイヤは顔を上げた。

「止まった」

「じゃあ大丈夫」

「回さないとどうなんの？」

「別に撮れるけど、前に撮ったのと重なっちゃう」

「ふーん」と言いながらファインダーを覗く。「めんどいね」

シャッターが切られる音の頼りなさもあって、あんまり手応えはなかったらしい。首をひねりながら返してきた時、指が少し触れ合った。

「なんかオシャレだね」パパイヤはわたしの手に収まったカメラに目を落としたまま言う。「そういう趣味って」

「ただのゲージュツカ気取り」

「そうなの？」ちょっと気まずそうに笑いながら後ろの松林を振り返る。「ていうかよく見つけたね、こんな場所」

「暇だからうろうろしてんの」

「部活やってないんだもんね？」

「うん。パパイヤは？　バレーボール部だっけ」

「そう、ウチは割とマジ。高三の先輩もほとんど引退したから大変」

「背高いもんね。手足長いし」前に伸ばされた脚を見ながら訊《き》く。「どれくらい？」

「百六十九。でも最後に測ったの四月だから、もう百七十あるかも」思い出すように上を見たところから、わたしに目を流す。「って言っても、そっちもけっこう身長あるじゃん」

「そう？」

「百六十はあるでしょ」

「多分？」言いながらパパイヤの腕をじっと見る。「部活大変？　けっこー焼けてるね」

「これは部活と関係ない。バレーは室内だし。地黒なだけ。うるさいな」

「あ、そーなの」わたしはふっと笑った。「ごめんね」

「ていうかさ」パパイヤはわたしの顔をまじまじと見つめた。「こんなとこ一人で来てたら、危なくない？」

わたしは言わんとすることを察して、フィッシングベストのポケットから、ブラックピンクに艶めく小さな容器を出した。リップのような見た目だけど、蓋を開けるとスプレーの噴射口が現れる。

「こういうのあるから」と言って前に向けてかざす。「護身用。ママに持たされてんの。だいぶ前のだけど」

「へえ」

「まだ使えんのかな？」

シューッと数秒、前方に噴射された赤っぽい霧。海風がそれを折りたたむようにして、わたしたちの顔に押し返した。

「あ、バカ」

パパイヤは声を洩《も》らして顔を背けたけれど、遅かったし、声を出したのがよくなかった。目と喉をやられて、すぐに流木に這《は》いつくばって呻《うめ》いた。わたしは口を結んで目を閉じたけれど、どうも遅かったらしい。じわじわ熱くなってきたのが痛みに変わって、ギャーギャー叫ぶまで時間はかからなかった。

申し訳程度に打ち寄せる波の音をかき消して、相手のことはそっちのけで苦しむ二人の声がしばらく響いた。

「ママはさ？」ぎゅっとつぶった目から涙をひり出しながら、わたしは言った。「これ持っときゃ、日本なら大丈夫だろって言うわけ」

パパイヤはまだ声を出せないで、空気の足りない咳《せき》を繰り返している。

「すごいね、これ？」咳の音を頼りにわたしは話しかける。「あ、でも大丈夫。やばいけど、本格的にやばいことにはならないやつだから」

わたしは泣きながら、パパイヤは苦しみながら、いつの間にか笑っていた。それでもまだ会話はできず、わたしたちは真っ赤になった目で見つめ合い、笑って逸《そ》らし、また見つめ合った。潮はいつの間にか引き始めていて、足元に水はない。

「何やってんの、ほんと？」やっと出たパパイヤの声はひどく掠《かす》れていた。「どういうつもり？」

「ごめん、ごめん」

「なんで出すのよ？」半笑いで言ったあとの「シューッ」と妙にリアルな口まねに「じゃないし！」と明るい怒鳴り声がかぶされる。

「だからごめんって。でも、さっきさ」わたしは右手の人さし指を額に置いて「え、なんか」と言ってから、それを裏向きにパパイヤへ向けた。「バカって言わなかった？」

「言ったよ、バカだから！」

そこでまたわたしたちは笑い合った。それから、日が暮れかけるまでずっとおしゃべりして、二人とも門限のないことを知った。帰り際にパパイヤが、カメラを指さして言った。

「写真撮ろうよ、記念に」

パパイヤの部活は週に五日か六日、朝練までしょっちゅうあったから、わたしたちが木の墓場で会うのは、基本的には部活のない水曜日の夕方ということになった。

翌週の水曜、五時になろうという頃、パパイヤは現れた。

この前と同じ流木に座っていたわたしは、首に下げたままのカメラをフィッシングベストの胸ポケットに落としながら、その姿を物珍しげに迎えた。

「それ、学校の？」

白いTシャツはともかく、紺色のハーフパンツの丈は少し短かった。それとあんまり似つかわしくない、足首まで下げられたソックスとローファー。

「今日、体育あったからちょうどいいやって」パパイヤはスクールバッグを短く折れた木の枝に引っかけて、前と同じく倒れた木を挟んだ反対側に腰かけた。「学校終わってそのままチャリで来た。今日は掃除あってちょっと遅くなったけど」

「自転車なんだ」わたしは間の木に肘をついて乗り出した。「どれくらいかかるの？」

「どうだろ、三十分ぐらいじゃない？」

「すごい」

「すごいことないでしょ。あんたは歩き？　どれくらい？」

「あんた？」

もちろん怒ったわけじゃなく、単純に驚いただけだ。

「初対面で唐辛子スプレーかけてくるようなヤツだし」パパイヤも平気な顔で言う。

「あんたでいいかなって」

「悪かったって」と笑う。

「で、どれくらいかかるの」

「こっちは歩いて三十分ぐらい。わたしは一回帰って着替える時間あるけど」

「ウチも、家寄って荷物置いて、着替えてから来ようかなー。あんな草だらけのとこ通るし、泥もはねるじゃん？　制服汚すとめんどいからさ、入口でこれだけにしたの」

「え」わたしはうろたえた。「フェンスのとこで穿《は》き替えたの？」

「んなわけないじゃん」と笑いながらローファーの縁についた砂を指で落とす。「下に穿いといて、スカートとシャツ脱いだだけ。やんない？」

「そういうことか」

「でも、靴だけはなんとかしないとダメだなー。やっぱ今度から一回、家帰る」

「じゃあ撮らせて」わたしは胸ポケットからカメラを取り出した。「見納めの靴」斜め前に出て下向きにファインダーを覗きこむ。撮られながらわたしの姿を見ていたらしく、パパイヤは言った。

「そっちは、前とまったく同じカッコだね」

白のTシャツに黒のフィッシングベスト、ベージュの七分丈のナイロンパンツ、裸足《はだし》に黒のスポーツサンダル。

「夏はいっつもコレだから。Tシャツは同じの三着、下は二本をローテーション」

「その釣り人みたいなベストは？　好きなの？　似合ってるけど」

「ママのお古。もらった時はだいぶ大きかったけど、いい感じの丈になったから着てあげてる。ポケット多くてかわいいし」

「かわいい」うなずきの笑みをちょっと怪しむような表情に変えて、パパイヤはわたしの顔を見た。「ていうか、ぜんぜんママイヤじゃないよね」

きょとんとしているわたしに、パパイヤは続けた。

「この前も思ったけど、お母さんとの関係、あんま悪くなさそうじゃん」

ママがイヤだからママイヤで、パパがイヤだからパパイヤ。そういうハンドルネームだけど、わたしたちがそれぞれの親について詳しく話したことはなかった。

「だから、ママイヤじゃなくてあんたって呼ぶの？」

「それは気にしてなかったけど」

「そうなんだ」

「それこそ、あのスプレー持たせたりさ」

「あー」ポケットから早撃ちみたいにそれを出して構える。「これ？」

「だからやめて」パパイヤは目をつむって顔を背けた。「思い出すから」

「こういうのはすぐ出せるようにしとかないと、いざって時のために」

パパイヤはそっぽを向いたままわたしの手首をつかんで、自分から遠ざけるように動かした。簡単にバランスを崩しかけるわたしに驚いたような感じで、すぐに手が離された。

「ママのことは」スプレーをしまいながらわたしは言った。「ちょっと複雑」

「なに、複雑って」

「なんだろ、愛憎半ばするってやつ？　そっちはどうなの、パパイヤの……パパは」

「ウチはどストレートに嫌い」ときっぱり言って遠くを見つめ、「最悪」と言ってから、ぴったり来る言葉を探しているようだった。「死んでも悲しくないと思う。お母さんが言ってたけど」

「なんでそんなに？」

「アル中だから」

昼越しに前歯を指でなぞっているところだったわたしは、その間抜けな顔でパパイヤをじっと見た。

「ていうか、今の」パパイヤは短い髪を指でとかしながら「アイゾーナカバスル？」と言った。「って、なに？」

「好きだけど嫌い、みたいな？」と説明して、うなずいている相手の顔を見て自分もうなずく。「じゃあ、パパイヤのママは？　どんな人？」

「フツーだよ。共働きで夜遅くまで帰って来ないけど。親父《おやじ》も飲み歩いて帰って来ないし、一人でお母さんが用意しといてくれた晩ごはん食べんの」

「門限ないってそういうこと」

「あんのかもしんないけど、誰もいないから」と言いながらかき上げた前髪はすぐ元の位置に戻った。「別にやることもないし早めに帰ってるけどね。洗濯物たたんだり、掃除したり」

「わたしと似たようなもんだな」

パパイヤは手近の枝を折って、カニが何匹か出て砂をついばんでいる方へ放った。ちょっと驚いたカニたちが、巣穴の入口まで帰りかけて動きを止める。

「そっちの、ママイヤパパは？」

「パパは知らないし、会ったこともない」

「あ、そうなんだ」とパパイヤは言った。「ごめん」

「ううん。だからむしろ何とも思わない」と言ったのは本当のことだ。「知ってるのは、パパがベルギーと日本のハーフってことだけ。だからわたしクウォーターなんだ、あんまりわかんないかもだけど」

「いや、わかるよ」とパパイヤはわたしの顔をまじまじ見ながら言った。「フツーに」

「そのカミングアウトがひどくてさ。それまでパパのことなんてぜんぜん教えてくれなかったのに、七歳とか八歳ぐらいの時、突然」

「それ、聞いても大丈夫なやつ？」

「うん」と明るい返事で続ける。「汚い話、大丈夫なら」

「は？」

「わたしがね、おやつ食べて吐いちゃったの。なんかその前から調子悪かった気がするんだけど、初めて食べるヤツでおいしくて、ムリして食べたら案の定って感じ」

「まあ、子供だしね」

「そしたらさ、別に吐くのなんて初めてでもないのに、ママがすっごいうろたえちゃって。落ち着いたら落ち着いたで感じ入っちゃって。トイレで背中さすりながら急に『ごめんね、実はね……』とか言って、パパのこと話し始めたの。わたし、まだ便器に顔突っ込んだままなのに」

「なに、それ」とパパイヤは怪訝《けげん》な顔をした。「急に？　どゆこと？」

「わたしもよくわかんなかったんだよねー」と言ってから、右の人さし指をこめかみに当てて「でも時が経《た》って」とぎゅっと目を細めた。そのまま「色んな知識を得て、記憶を遡ることで」と続けたところで目を見開く。「謎が解けた」

「へえ？」

芝居がかったわたしに合わせたのか、聞かせてとでも言いたげな顔を向けるパパイヤ。たっぷり間を取ってから教える。

「そのとき食べてたおやつ」

「うん」

「ベルギーワッフル」

呆気《あっけ》にとられて開いたパパイヤの口から、短く息が洩れた。それから背中を曲げて、なんとなく気まずそうに長く笑うと、顔を上げて言った。

「なに、お父さんの呪いみたいな？」

「そのあと食べてもぜんぜん何ともなし。むしろ好物」

「そういう運命感じちゃう人なんだ」

「それはそうかもね」

パパイヤが鼻で笑う、なんだかそれがうれしかった。

「変な人だね」

「変」わたしは西の空へ目を逸らして言った。「だから、関わらないようにしてる」

「ふーん」

「ねえ、ここ、夕焼けがすごいきれいなんだよ。地平線の方には雲がないけど上空には雲が散らばってるーみたいな時は特に。今日は雲が多すぎて期待できないね」

「あんま興味ないけど」

「興味とかじゃないから。夕焼けって」

わたしは一応カメラを向けて、今日この時の空を撮った。


それからもわたしたちは、水曜日の学校終わりと時間のあった暇な時、何度も干潟の木の墓場で待ち合わせた。

高潮が倒木を動かすから、座る場所はちょくちょく変わる。パパイヤの格好は、学校指定のジャージだったり、似たような私服だったりしたけれど、靴は履き古した白のスニーカーになっていた。

門限がないとはいえ、外灯もない干潟は真っ暗になるから日が暮れる前に帰らないといけない。その道はずっとおしゃべりの時間だった。

ヨシの小径を歩いて戻り、フェンスの前に置いていた自転車をパパイヤは押して、小櫃川を遡るようにして並んで歩く。途中のボートヤードの敷地では、野っ原にヤギが長い紐《ひも》でつながれている。気ままな暮らしぶりは、通るたびにわたしたちの目を楽しませてくれて、何度も写真に撮った。

川に沿うように進んだ道が突きあたる県道八十七号線に上がったところ、金木橋《かねきばし》の袂《たもと》で、わたしは左へ坂を下り、パパイヤは右へ橋を渡って別れる。

そんな日々を繰り返すうち、おしゃべりは動悸《どうき》がおさまるように落ち着いていった。潮が満ちるたびに配置を変える倒木の上で、わたしたちはスマートフォンをいじったり音楽を聴いたり単語カードをめくったり、気まぐれに写真を撮ったり本を読んだり、互いに好きなことをするようになって、それでよかった。もちろん、話したくなればいつまでも話した。

ある日、倒木の上で仰向《あおむ》けになっていたわたしは空を見ながら訊いた。

「わたしのこと、誰かに言った？」

「は？」スマホをはじく手は止まらずに口だけ動く。「誰かって？」

「学校の友達とか」

「言わない。説明めんどくさいし」

「わたしも誰にも言ってない」ゆっくり起き上がって、ずれたベストを直す。「この逢瀬《おうせ》のこと」

「オーセ？」

「パパイヤってさ」少し間が空いた。「けっこうさ」

「なに」なおもスマホをはじきながら即座に言う。「バカって？」

「言ってないし」

「勉強はムリめ。正直、あんたが意外と頭よさそうでなんか裏切られた気分。読書するし」

「読書」とわたしは笑った。

「何がおかしいの？」

「こういう時に、読書するって言わなくない？　本読むし、とかじゃない？」

「どっちも一緒じゃん」

自分でムリめと言うだけあって、期末テスト終わりの水曜に補習が入って会えないこともあった。じきに夏休みになり、パパイヤの部活はさらに忙しくなった。水曜日の休みは変わらなかったけれど、木曜は午前練で朝がきついからと、夏休みの間は午前中に会うことにした。

その最初の日に、パパイヤが気まぐれにバレーボールを持って来た。

「持たせて、持たせて」

パパイヤがボールを放る。手を広げて待っていたのに、キャッチできずに笑われた。

「もしかして、運動苦手？」

「得意じゃないけど、バレーはいけるかもよ」

「体育でやったことないの？」

「ない」

「なんで？」

潮が引いて乾ききった前浜の上に飛び出して、パパイヤにトスとレシーブを教わる。それができればラリーが続けられるからと言うけど、教わった通りに手を組んだところに放られたボールは、イメージ通りに弾むことなく手首に重たくひっついて地面に落ちた。膝をついて痛みに震えているわたしを見て、パパイヤは笑った。

その後もラリーは五回と続かず、腕がちぎれるとか血管がつぶれたとか骨がへこんだとかわたしの文句は止まらない。いたずらに思いきり高く上げられたボールを腕の内側で受けた時は、恐怖と痛みに叫び声を上げながら、後ろに倒れた。

「殺す気？」

仰向けで大きく息をしながら空に向かって言うわたしの耳に、パパイヤの笑い声が届く。

昨日の雨で川からの水は濁っていたけど、空気は澄んで、富士山《ふじさん》がとてもきれいに見える日だった。それほど珍しいものでもないのにやたらと心が動いて、わたしはへとへとのまま倒木にカメラを置いて、なんとかシャッターを切った。

そうやって夏休みが、のんびり過ぎていくものと思っていた。

話が変わったのは、七月最後の水曜日だ。

干潟は夏休みになっても人がいる方が珍しく、わざわざ河口のそばまで来る人はさらにいない。けれどその日は、木の墓場の前に先客がいた。水が引いて乾いた砂の上にレジャーシートを敷いて、一人の男の子が座っている。倒木に腰かけて数十メートル先に目を凝らすと、パレットや水入れが見えた。

「あの子、何してんの?」

後からやって来たパパイヤが、文庫本を読んでいるわたしに訊いた。

「絵、描《か》いてるみたい」わたしは本から目を離さないで言った。「夏休みの宿題とか？」

パパイヤは何も言わずにスマートフォンをいじり始めたけど、ちょくちょく顔を上げて気になって仕方ないみたいだった。時間が経って潮が少しずつ満ちてくると、心配そうに言った。

「あいつ、潮の満ち引きとか知らないんじゃない？」

本をポケットにしまって前を見る。男の子の右側数メートルのところを水が細い筋になって流れ、背後に潮だまりをつくろうとしていた。なのにぜんぜん気にする様子がない。

「ほんとだ」と思わず笑った。「もうけっこうギリじゃん」

「ウチ、声かけてくるよ」とパパイヤは立ち上がった。

「えー」気のない響きは、取って付けたような「らい」で賞賛に変えておく。

男の子の方まで歩いて行ったパパイヤは、覗きこむようにして声をかけた。迫る海水を指さし、角張った青いリュックを持ってやる。男の子は顔も合わさず、画板の絵と筆とパレットだけを持って、さっさとこちらへ歩き始めた。後ろのパパイヤは、リュックサックにレジャーシートに水入れも持ってすごく大変そうだ。

男の子はまっすぐわたしの手前まで来た。ずっと見ていても目は合わないまま、乾いた砂の上に背を向けて座った。遅れてパパイヤが、レジャーシートを風にばたつかせながらやって来た。

「ちょっと、あんたの持ち物でしょ！　信じらんない」

男の子はパパイヤを見上げ、あ、とでも言いたげに口を開けた。

「何とか言ったら？」

「あ、すみません」と急に慌てて立ち上がる。

首をひねりながらも、面倒見のいいパパイヤはレジャーシートを敷いてやろうと悪戦苦闘を始めた。わたしは座ったままその姿を撮った。と、体の半面にシートを貼りつかせたパパイヤが、ファインダー越しにわたしを睨《にら》んだ。

「あんたも手伝え！」

わたしは慌てて駆け寄り、レジャーシートの反対の端を持って地面につけた。水入れがそこに置かれて、やっと三点がとまる。それでもまだめくれ上がるから、パパイヤはエンジンをふかすように唸《うな》って、さっさとそこへ座ってしまうよう男の子を促した。

戸惑いながら腰を下ろしたくせに、すぐ何事もなかったかのように絵を描き始める男の子を見て、わたしたちは顔を見合わせた。

その後ろ姿を撮ろうとして再びカメラを構えた時、男の子は前を向いたまま急に言った。

「あの、どうやって描いたらいいと思いますか」

なんだかとぼけて聞こえる丁寧語に驚いて、わたしはカメラを手から落とした。ストラップのかかった首が重さを受け止める。

「見たままを描きゃいいんじゃない」とパパイヤは言った。「どーせ見たままにしかならないんだから」

男の子は聞いているのかどうなのか、言葉を返さず絵を見ている。わたしはカメラのなくなったところに手を構えたまま黙っていた。

「わかったの？」パパイヤは機嫌悪そうに問い詰める。「あんた、ちょっとさっきから失礼じゃない？」

男の子はうんともすんともない。納得いかない様子のパパイヤを押すようにして倒木の方に戻った。十メートルも離れていないけど、男の子の背中と荷物で、絵の様子はわからない。絵の具で半分ぐちゃぐちゃのパレットだけがレジャーシートの上に見えた。

「ナイスなアドバイスだったね、さっきの」

「そう？」パパイヤはスマートフォンをいじりながら鼻で笑った。「ねえ、水、あいつのとこまで来ちゃうかな」

「今日は大丈夫。昨日が上弦の月だから」

「どういうこと？」

「そういう時は小潮になるの」

「よくわかんないけど、ならよかった」

そんな話をしていた矢先に、男の子が困り顔でこちらを振り返って声を上げた。

「あの、海が来てしまって」

「あんたさあ」パパイヤは納得のいかない表情を浮かべた。「自分の都合のいい時だけ話しかけてきて、ずるくない？」

「まあまあ」隣をなだめてから男の子に声をかける。「君のとこまで来ないから、安心しなよ」

男の子は表情を変えずに首を振った。

「なによ」とケンカ腰のパパイヤ。「来ないって言ってんでしょ」

「もう砂を描いちゃったのに、海になっちゃったんですけど」

「そりゃなるでしょ」

「どうしたらいいですか」

変な質問。それに対して何を言うのかとわたしは興味津々、口をもごもごして考えているパパイヤの横顔をひそかにうかがう。

「どうしたらいいって」

「絵とちがくなっちゃったんですけど」

「だから、そんなの当たり前じゃん。絵ってそういうもんだから」

男の子は納得のいかない表情でパパイヤを見つめている。

「砂の上に」勢い込んで言ってから、ちょっと間があった。「水を描きゃいいでしょ」

「砂の上ってどこですか」

「その絵の、あんたがさっき描いたやつの上に」

男の子は鼠色《ねずみいろ》の砂浜を指さしたらしい。「ここですか？」

「そう、上から重ねて。水の下に砂はあんだから、そしたら見てるのと一緒になるでしょ」

「そうですね」と納得したらしく、微《かす》かな笑みで振り返った。「お姉さん頭いいですね」

「それほどでも」

まんざらでもない顔でスマホに目を落としたパパイヤに、わたしは音もなく小さな拍手を送った。見ていないと思ったのに、うるさそうに手で払う仕草をされた。

それからはまたそれぞれの時間。絵筆を洗うというより水をかき混ぜるのが目的と思われるような音が頻繁に響く中で、わたしは本を読んで、パパイヤはスマホでゲームをした。

「人が来ました」

久しぶりのつぶやきに、わたしたちはすぐ顔を上げた。遠い波打ち際に赤いコートを着た女性が一人で佇《たたず》んでいる。長い裾が、風を受けてなびいている。

「なんかやばそう」とパパイヤは言った。「どういう目的？」

「同じようなもんじゃない？　わたしたちも」

「絵はどうしますか」振り返った男の子が戸惑いの声を出す。

「学習能力ないの、あんた」とパパイヤは口が悪い。「もう描いた砂の上に、人を描き足せばしまいだっての」

「しまいだっての」わたしは小さな声で繰り返した。「うける」

「でも」男の子はなおも不安げだ。「びちょびちょですよ」

「なにが」

「絵が」

「乾くまで待ちゃいいでしょ、時間は死ぬほどあるんだから」

「その間に、人がいなくなったらどうしますか？」

「そん時は描かなくて済むでしょうよ。もういないんだから」

「そうですね」男の子はパパイヤに尊敬の眼差《まなざ》しを向けてから、赤の絵の具チューブを手に取った。「じゃあ先に工場を描きます」

「勝手にすれば」

男の子はたどたどしい手つきで蓋を開けると、赤と白の煙突なんて数えるほどしかないのに、パレットの空いている大きなマスに対角線を引くように大量に絞り出した。パパイヤがそれをじっと見つめて口を歪《ゆが》めているのを、わたしははらはらしながら盗み見ていた。

男の子が白の絵の具チューブを手に取った時、パパイヤはぐっと眉をひそめて、もうこれ以上は我慢できないという強い調子で言った。

「お姉さん頭いいですね、って言いなさいよ」

呆気にとられて見ると、パパイヤは真剣に男の子を睨んでいる。

こみ上げる笑いをこらえようとがんばったけれど、顔を覆う本が小刻みに震えるのは抑えられなかった。しばらくしてそっと覗かせた目は、今度はこちらに向けられていたすごい睨みとぶつかった。

わたしたちは男の子が絵を描き終わるまでそこにいた。別に絵がどうなっているかは気にかけなかったから、しばらくして男の子が「あの、できました」と先生に提出するみたいに近寄って来た時、啞然《あぜん》とした。

ただ上手《うま》いだけでも驚いただろうけど、それはともかく、空が一面、黄色に塗られていた。

さすがのパパイヤも声を失って、男の子がそれを察することもなく愚直に返事を待っているのに、わたしは耐えきれなくなった。

「絵の写真、撮ってもいい？」

ぶら下げたカメラを持ち上げると男の子がうなずいた。倒木の後ろに下がって、掲げた絵と変わらない表情を撮っていると、パパイヤが言った。

「その空は、どういうこと？」

男の子は何を言われているかわからないような顔でパパイヤを見返した。

「なんで黄色？」

「見たままを描けばいいって言いましたから」

「言ったけど、どういうこと？」

「空って最初に塗っちゃった方がいいんだよ」わたしはカメラをしまって木を跨《また》ぎ、工場の凹凸の隙間、紙の地の白が残っているところを指した。「遠いものから塗ってく。先生が言ってたよ。あの、ほら、美術の先生が」

「聞いたことない」パパイヤは首を振る。「聞いてなかっただけかもしんないけど」

「絶対そっちでしょ」

男の子は不安そうに、自分の絵を見ている。

「あのね、別にまちがってるわけじゃないからね」とわたしは言った。「そもそも先生の言うことなんか聞かなくてもいいんだから」

「にしたってさ、さんざん色々質問しといて、なんでこんな、空だけ何にも言わずにこんな色に塗っちゃうのよ、あんたって」

「見たまま描けって」男の子はまた言った。「言いましたから」

「言ったけど」パパイヤもまた言う。「あんたってなに、こう見えるの？　空が？」

その声にとくべつ怒った感じはなかったけれど、男の子はうつむいてしまい、靴の先が内側にずれながら砂をじりじりと削った。

「いやいやウソウソ」と慌てたのはパパイヤで「ごめん、ごめん」と優しく肩を叩《たた》いた。「そんなつもりじゃなくて。別にいいのよ、そんなのは。空を何色で描こうが、ウチは好きだし。あんたの親とかは気にするかもしれないけど」

また余計なこと言ってとばかりにしかめ面を向けた。でも、パパイヤからは同じような顔が返ってきた。

「怒りますかね？」

「まあ」パパイヤは即座に顔を戻した。「あんたのお母さんがどんな人かウチは知らないけど」

男の子はまたうつむいて絵に視線を落とし、黙りこんだ。

「ていうかさ」とわたしは言った。「気になるなら、上からふつうの空の色で塗ればいいじゃん。さっきみたいに」

「でも、どちらにしろ空はさいしょに塗っていないので」

にべもない男の子の頭上で、今度はパパイヤがわたしをとがめるように目を剝いて何度も指さしてくる。わたしは目を閉じてやり過ごしてから、大きく息を吸った。

「いいんだって、そんなのは」とゆっくり男の子に言う。「きみって、絵描くの好きなんでしょ？　なら、人がどう思うかとか人になんて言われるかなんて、気にしなさんなよ。そういう時間って、けっこうもったいないんだよ」

パパイヤが派手に賛同しても、男の子は「描き直します」とだけ言った。わたしたちも疲れてきて、ならそうしたらいい、善は急げだ、さっさと新しいのを描こう、紙あんの？　最高じゃん、と盛り上げると、今度は描き上げた黄色い空の絵のことが気にかかり出したらしい。じゃあこの絵はどうしたらいいですかねと悩み出した。

「もう破って捨てちゃえば？」かなり投げやりになってきたパパイヤが乱暴に言う。

「すっきりすんじゃない？」

「捨てるのはさすがに……」とフォローしつつ、心ではそうしてくれないものかと思って訊《たず》ねる。「いやじゃない？」

うなずきながらも煮え切らない態度の男の子を見て、パパイヤは口をへの字に曲げながら首をひねる。風でパレットが音を立てて、それにちょっと目をやってから言った。

「じゃあ、ウチにちょうだいよ」

男の子は、ぽかんとした顔でパパイヤを見た。

「その絵」とパパイヤは男の子にわかるように指さした。「めちゃくちゃ大事にするから」

「でも、さっき空が変だって」

「いや、なんならよく見えてきた。逆に」

「でも――」

「あーもうウジウジして！」

ほとんど叫ぶようにするのと同時に、パパイヤは大量のゴミが打ち上がっている方へずんずん歩いて行った。わたしと男の子は突っ立ったままその姿を見ているしかなかった。

もともと知っていたのか、すぐに、白いラベルの巨大なペットボトルを拾い上げて戻って来た。ウイスキーだろうかと思うのは、まだ琥珀色《こはくいろ》の液体が少し、といっても結構な量が入っているからで、だから蓋もついている。パパイヤはそれを外し、豪快に中身をばらまきながら歩いて来た。液体は口から出るや海風にほどかれて、後ろの草地へ網を放つように舞い散った。

呆然としている男の子の前に、ボトルを両手で刀みたいにして構えたパパイヤが立った。

「そんなでっかいのあるんだ」横から感心してペットボトルを指さす。「初めて見た」

「サントリー白角2・7リットル。もっとでかいのもあるよ」

「詳しいね」

「業者とアル中が買うやつ」そう言ってすぐに「どうでもいいから、そんなことは」と吐き捨てる。それから男の子に手を上向きに差し出し、指先を急《せ》かすように上下させた。「ほら、絵、貸して」

パパイヤは渡された絵の表面を触って乾いていることを確かめると、横からくるくる細く巻き始めた。筒状にしたそれをペットボトルの口に差しこみ、上から手のひらで一気に押しこんだ。それから蓋を軽く締めて、わたしに差し出す。

「思いっきり」

言われた通りに蓋を回す。パパイヤはそれを取り上げて自分もぎゅっと締めたあと、「仕上げはあんた」と男の子に渡した。

あんまり意味はなさそうだったけど、男の子も頬を膨らませながら力を込めた。

その間にスニーカーも靴下も脱いでしまったパパイヤは、ジョガーパンツの裾を膝上までまくり上げるとボトルを受け取り、海の方へと歩き出した。潮の引いた浜は小さな巻き貝でいっぱいだけど、それを砂に押しこみながら歩いて行く。ゆっくりしたその歩みを、わたしと男の子は長い時間、見守ることになった。手持ち無沙汰になって、わたしは写真を撮った。

やっと水際に着いたパパイヤが、ためらいもせずに海へ入って行くのが見える。膝まで浸かったところで初めて振り返り、ボトルを頭上に高く掲げる。

わたしたちが手を振ると、パパイヤは前に向き直りながら、ボトルを沖に投げた。

宙を飛んだ一瞬だけ、ウイスキーボトルが白くきらめいてこちらからもよく見えた。落ちてしまえばわからなかったけれど、しばらく沖を見ていたパパイヤは、振り返ると、両手で大きな丸をつくった。

「すごいことするね、あの人」

軽く手を振りながら男の子に言った。反応はなかったけど、その足はパパイヤを迎えるように、ちょっとずつ前に出た。わたしもなんだか待ちきれなくなって、さっき撮ったあたりを今度はこちら向きに歩く姿でもう一度カメラに収めた。戻ってきたパパイヤの足には黒い砂がまとわりついて、まくった裾もびしょ濡れだった。

「すごいことするね」本人が聞いていなかった台詞《せりふ》をもう一度、少し畏敬の念も混じらせて言うと、わたしは男の子を見た。「これで君のママも、あの絵を見ることないよ。そんできっと、世界のどこかに君の絵をわかってくれる人がいるからさ、それでいいじゃん」

「外国に行きますか？」と男の子が訊いてくる。「波に乗って」

「行くよ」わたしは海の方だけ見て答える。「海って世界中つながってんだから」

男の子は顔を輝かせる。それを察したパパイヤが言葉を足した。

「めっちゃ有名な画家が拾って、この絵を描いたのは誰だってさ、あんたを捜しに来るかもよ。ピカソとかが」

「死んでるよ」とわたしは言った。「ピカソは」

「じゃあゴッホとか?」

「もっと死んでる。本気で言ってる?」

「もっとってなに? ラッセンも?」

「死んでない。なんでラッセン?」

「ラッセンは生きてるってさ」話を切り上げたくてわざわざ男の子に教えるパパイヤは「届くといいなー」と海を見た後、急に真面目な顔になった。「あの人サーフィンやってるから、意外とマジでありえるかも」

「それは知ってるんだ」

男の子は意味のわからない会話には耳をふさいで、目はまん丸にして沖の方を見ていた。ボトルはうまいこと引き潮に運ばれただろうか。

「ほらほら」とパパイヤはその肩を叩いた。「早く描いちゃいな」

男の子は大きくうなずいて、水入れやパレットの真ん中に戻って行った。筆を手にしたのを見届けて、わたしはパパイヤに言った。

「よくわかんないけど、がんばったね」

パパイヤは誇らしげに笑いながら、靴下の詰まったスニーカーを拾い上げた。裸足では倒木やゴミだらけの場所に戻ることはできず、わたしたちは少し離れた草地まで歩いて行った。

「まあ」男の子から離れたのを確かめて、わたしは言った。「あのボトルが東京湾の外に出ることはないだろうけど」

「マジ？」驚きの目が向けられる。「なんで」

「浮いてて軽い物は、波とか風で陸に寄せられやすいから」

「なんだ」とパパイヤは残念そうに言った。「でも、まあいいや。あいつが納得してたから」

「そうだね」

「そうだねって、じゃあウチにも言わないでよ」

ちょっと考えて、わたしは「なんで?」と訊いた。

「知らないままの方が希望が持てるじゃん。ラッセンに届くかもーって」

わたしは返答に困って座りこんだ。そのままぼんやり海を見る。

「無視すんな。あと、ハンカチ貸して。タオル忘れた」

斜め前に腰を下ろし、汚れた足を放り出したパパイヤが振り返って言う。短く切られている爪の中に、それでも砂が青くつまって美しい弧を描いている。

「え、どこ拭くつもり」

「足は拭かない。顔と腕。海水はねてなんか気持ち悪い」

わたしはタオルハンカチを広げて渡してやった。パパイヤはぞんざいにつかんで顔をぬぐった。そして、腕や手を払うように拭きながら男の子に目をやる。空を何度も見上げながら夢中で描いている。

「あの子」とわたしは言った。「鉛筆で下書きしてないんだよね。それであんな上手いから、なんか特別な才能かもね」

「よく見てるね」

「でもさ、ほんとに黄色に見えてんだったら、悪いことしたかも」

「悪くないでしょ。こっちだってほんとなんだから」

「あー」パパイヤの複雑な耳の後ろの形を見ながら、ぼんやり声を出す。「なるほど？」

「そんでさっきのだけど、やっぱ別に、ウチが希望持つ必要なかったわ」

「そうなの？」

「ウチも、マジな希望なんか持ってほしくなかったもん」

「それ、お父さんに？」

パパイヤは顔を上げて、風を気にするように目を細めた。前髪が強くなびく。卑《ひ》怯《きょう》なわたしはいつまでも答えを待って目を離さない。

「そう」顔を下げてパパイヤは言うと、こっちを向いて笑った。「それも言わなくてよくない？　わざわざさ」

「合ってるかわかんないから」

「わかれよ」と言ってハンカチを突き返す。

「わからず屋だから」

「そっか」

「パパイヤのパパもそうなんじゃない？」

少しの沈黙の後、パパイヤは下を向いて顔を隠した。笑っているんだろうけど、鼻から洩れる空気や背中の震えには、なんだか自嘲的なところがあって、わたしは息を潜めていた。

「あんたと一緒ってこと？」と横目でにやりと笑う。「うちの親父が」

「そうそう」

「違うよ、あんたとは」口が閉じると同時に笑みは消えた。「あんたが将来、子供の出来にがっかりして、酒におぼれる親になるなら別だけどね」

返事など求めていないように低く落ちていった言葉尻を拾う勇気はなくて、わたしは、パパイヤと同じ方を向いているしかできなかった。

どのぐらい経ったか、パパイヤはすっかり乾いた足の砂を念入りに払って、靴下とスニーカーを履いた。

「スマホどこやったっけ？」

「あっちに置いてあったよ、木の上」

「そっか」と言ってパパイヤは腰を押さえて立ち上がった。「ごめん、戻ろ」

「先週のあいつ、どうなったかな」

パパイヤは「部活のLINE」と言ってずいぶん長いことスマートフォンをいじっていたのを急にやめて、突然言った。わたしは少し考えようとしたけど、特に考えることもないからすぐに言った。

「どうもなってないでしょ」

「でもさ、絵としてはなんか、最初のやつの方がよくなかった？　初期衝動っていうか」

「初期衝動」なんだかおもしろくなって笑う。

「色んなこと無視してて、らしかったよね」

「ほんとの無視もだいぶされたもんね、わたしたち」

「つーかあんな感じでさ、学校で上手くやってけんのかな？　絶対ムリじゃない？」

「どうかな」わたしはそこで本を閉じた。「意外と上手くやってけてるかもよ、上手くっていうか、気にしないじゃん多分」

「ならいいけど」

男の子が描いた空を見上げながら、パパイヤはしみじみ言った。確かに、遠浅の海の向こう、込み合った凹凸と人工色を見せる工場群の上で雲がたれこめている空は、青とはちがう色を含んで見えなくもなかった。

「まー、なかなかおもしろい奴だったね」

「パパイヤもね」呆《あき》れるように言ってからポケットに本をしまう。「二人ともおもしろかった。青の時代って感じで」

「青の時代？」

「そんなことより、ほら」わたしは海の方を指さした。「次なる出逢《であ》いが」

どう見てもホームレスという出《い》で立《た》ちの老人が、水の引いた前浜を歩いている。

「勘弁してよ」

わたしたちが見ていると、老人は少しずつ近づいてきた。

「やばいやばい」パパイヤはそっぽを向きながら小さく笑う。

老人は三十メートルほど離れたところでわたしたちに目を据えると、その距離の真ん中あたりを指さした。

「それ、拾っていいか」

しわがれ声が微かに届いて、わたしたちは顔を見合わせた。

「それ、拾ってもいいか」と老人は繰り返した。「お前さんたちのか？」

「それって？」とパパイヤが訊く。

「さあ」

指が変わらず示しているあたりに目を凝らしてもわからないから、わたしは腰を上げて寄っていった。

「ちょっと」

「平気、平気」

途中で、濡れた砂に嵌《は》めこまれるように埋まっている黄色っぽいものが目についた。近寄ってみるとＤＶＤだ。黄色い盤面に水色の字で「田んぼや畑を耕す田舎妻」と書かれている。

「なんだったー？」

口に手を添えて声をかけてくるパパイヤの方をちょっと振り返って、大声で伝えるのもなんだと思って無視してしまった。向き直りざま、パパイヤがもどかしそうに立ち上がろうとするのが見えた。

「お前さんのか？」老人の方も左足をちょっと引きずるようにして歩いてくる。

わたしは首を振って応える。やって来たパパイヤは老人を警戒しつつ、わたしの後ろから下を覗いた。老人は目の前まで来た。左右で違う黒のスニーカーはたっぷり水を吸っているようだった。

「じゃあ、拾ってわりいことないな」

「コレ、何？」とパパイヤが言って読み上げる。「田んぼや畑を耕す田舎妻」

「おじさんさ」わたしは呆れたように言った。「どうせもう見れないよ、コレ」

「映画？」

「いいんだよ」絡んだ痰《たん》を気にして何度か喉を鳴らしたけれど「見ねぇから」という声はもっと聞き取りづらくなった。

「田舎妻の？」

「じゃあ、なんで拾うの？」

会話から締め出されてパパイヤは穏やかではない。とうとうわたしの肩をげんこつで小突いて「ねえ、無視？」とつぶやいた。

「なんでってお前さん、拾い集めてんだよ」そこでまた喉を派手に鳴らしてちょっとましになる。「きいれえもんなら何でもよ。オレの勝手だろぉ」

「そりゃ勝手だけど」わたしはそこでやっとパパイヤを見上げた。「エロDVDでしょ多分。よく落ちてるよ」

「エロは、オレ、もういいよぉ」なぜかパパイヤより先に老人が反応した。「もういいんだよ、そういうのは」

赤黒く日焼けした顔がはにかみ、暗い口の中に少ない歯がちらほら見える。まばらな長髪は白髪交じりだけど、意外と清潔にばらけていた。

「そういうのはもうやめたんだよ。オレはいいって。飽きちゃった」

パパイヤはいつの間にか軽蔑の目つきを老人に向けていた。わたしはその状況がちょっとおもしろくて、開けた口に笑みがにじんだ。

「だからもう、きいれえもんを集めようと思ったの」と老人は変に言い切った。

「どういうこと?」わたしはほとんど半笑いで言った。「きいれえ?」

「お前さんね」と諭す調子で老人は言った。「他人様《ひとさま》がそれを黄色にしようと思って黄色に塗って、それが捨てられちまったもん集めて、何も悪いこたねぇだろうよ」

「あ、黄色いか」不覚にもわたしの声は弾んだ。「きいれえって」

「だって、お前さん」言葉を溜《た》めた瞬間、海からの突風で、長い髪が真横になびいた。言葉は、風に混じって微かに聞こえた。「花だって、きいれえんだよ？」

笑いそうになって目を背けかけたけど「いや」と気を取り直して顔を上げた。「きいれえ」と言ってみて「のもあるね、確かに」と付け足した。

「きいれえだろ？」

パパイヤは腰に手を当てて呆れ顔だけど、老人は至って真剣だ。わたしも真面目に答えようと思って言った。

「バナナもきいれえじゃん」

「バナナなんかダメだよ」手と首を互い違いに振って即座に否定し、仕方ねえなと言わんばかりに説明を加える。「あれはもともと緑で、黄色くなって、黒くなんだろうが」

「花だって枯れるじゃん」

「だから花なんか集めねえよ」

「自分が花もきいれえって言ったんじゃん！」

声に振り返ると、パパイヤが戸惑ったような半笑いで見ている。わたしはいつの間にか立ち上がって、老人と向かい合っていた。

「ちょっと、あんた」

「フツーにケンカしないでくれる？」

それもそうだ。わたしは前に出した両手を下に、落ち着こうという素振りで何度もうなずいた。

「オレはよ」気にせず老人は続ける。「人が作ったきいれえもんは、ずっときいれえってことに気付いたわけ。他の色はダメだよ、薄まっちまって。だから、生きてやることなくなってよ、いつの間にか、きいれえもんきいれえもんつって、拾い集めてることになっちまったわけ。根が乞食なもんでよ？」

「根がっていうか、まんまだけど」パパイヤも、もう何を言っても大丈夫と判断したらしく遠慮がない。

「おじさん、家は？」わたしはちょっと抑えた声で言った。

「家は、寝るとこが家みてえなもんだから」

「やっぱホームレス？」

「ハイカラに言えばそういうようなもんだけどよ」

「別にハイカラじゃないけど、きいれえもんを集めるのは、ちょっとハイカラかも?」

「そう?」パパイヤが眉をひそめて口を挟む。

「ねえ、それ、見せてよ」無視して老人に言う。「きいれえもんのコレクション」

「コレクションなんて大層なもんじゃねえけどよ。ガラクタ箱だよ?」

「じゃあ、そのガラクタ箱、見せて」

「ああ?」と初めて聞いたように聞き返す。「別に減るもんじゃねえけどよ」

「ならいいじゃん」

「ならいいけどよ」と自分でも言った。「まあ、お前さんたちなら。そんなにぺこぺこ頼みこむんじゃ」

「ぺこぺこなんかしてないし」

どこか楽しそうに悪態をつき始めたパパイヤの横に屈《かが》みこんで、DVDを黒濡れの浜から剝ぎ取ると、砂にドーナツ型の跡が残った。穴に突っ込んだ人さし指を老人に向かって突き出す。

「ね、これも入れるんでしょ」

「ああ、入れる、入れる」頭をかきながら一歩二歩と後ずさり、もと来た小径の方を親指でさして歩いて行く。「あっちにあるからよぉ。持って来てくれよ」

「なに？」とパパイヤはつぶやいた。「照れてんの？」

「かわいいじゃん」

わたしたちは少し距離をとって老人の後について行った。わたしはDVDを嵌めた指を差し上げ、パパイヤはそれを不潔そうに見た。

「どんなやつが見たかもわかんないのに」

「干潟がきれいにしてくれるから」

「は？」

「浄化作用がある、干潟には」

「それ、小学校の時にやったかも」パパイヤは思い出したように言った。「干潟学習で」

「干潟学習」

「干潟に行って生き物調べたりとかすんの。なつかしい」

「パパイヤの家って、ずっとこの辺でしょ？」

「そう」

「じゃあ、その干潟ってここなんじゃない？」

「ウソ、でも全然覚えてないよ？」

「なんにも覚えてないね？」

「なんにもってことはないけど……ここなのかな？」

「この辺に、そういうことする干潟なんてないもん。潮干狩り場に行ったってしょうがないし」

「そっか」パパイヤは急に神妙な顔でつぶやいた。「そうかも」

揚水ポンプ場跡に、おんぼろの自転車が駐《と》められている。破れかけのカバーをつけた前カゴから二リットルのペットボトルや新聞紙がはみ出し、荷台には桐箱《きりばこ》がくくりつけられ、その両脇には大きく膨らんだビニール袋がぶら下がっていた。

「なに、ここまでチャリで入って来たの？」とパパイヤは言って「ズルくない？」と同意を求めてくる。「ウチはちゃんと入口に駐めて歩いてんのに」

「自分もフツーにケンカ腰じゃん」

わたしは道を横切る水の流れにしゃがみこんでDVDをすすぐ。どかされたカニが遠巻きにそれを見ている。

「あんま誰にも見せねえんだけどよぉ、お前さんたちは特別よ、お客さんよ」

自転車を囲むように集まると、老人の、おそらく衣服が放つ臭気が急に鼻をついた。わたしは目配せしようとしたけど、パパイヤは「はいはい」とうれしそうに返事なんかして「けっこうワクワクすんね」と笑いかけてきた。

桐箱の紐を解く慣れた手つきが意外に恭《うやうや》しくて、わたしたちはなんとなく見入ってしまった。均等な長さで両脇にぶら下がった紐が、先端から数十センチを力なく砂にへたらせる。

「これが」老人が蓋に手をかける。「オレのコレクション」

「言うんじゃん、コレクションって」と思わず口を挟む。

「ああ?」手が止まって顔が上がる。

「ごめんごめん、何でもない」

蓋が開かれた。箱を埋め尽くす黄色、黄色、黄色に、感嘆の声を上げて目を見張るわたしたちの顔が照らされる。同時にわたしは、老人がいやがるかと思って自重していたカメラを手に取って一枚撮った。老人は何も言わなかった。

「すごい」とパパイヤが言った。「よくわかんないけど、なんか感動」

「全部よぉ、拾い集めてきたんだよ？」老人は急に熱っぽく解説を始めた。「こんなにものが山ほど捨ててあんのによ、その、そいつだけ拾いたくなるってぇことは、なんかあんだよ。オレたちはそれを、そーかそーかつって大事にしとくだけしかできねんだからさ。それをずっと続けてっと、いつの間にかこうなってんの。こうなるためにやってたんだよなっつうことが、こうなってわかるわけ」

「これ、何個ぐらいあんの？」パパイヤは数える素振りをしながら言った。

「知らねえよ、数えたことねえもん」

「失《な》くしたら泣いちゃう？」とわたし。

「泣かねえよ」さもおもしろそうに頼もしそうに笑う。「失くしたらまた集めるだけよ。そしたら失くすことにはならねえだろ」

「えー」わたしは口を開けたまま笑いかけて「意外といいこと言うじゃん」としみじみ言った。「これがおじさんの富ってわけ？」

「歩いてりゃいくらでも転がって埋まってんだよ。それをずっと探し回ってんの。オレたちはそうなわけ」

「そうなわけか」パパイヤはからから調子でなくつぶやいた。

「ねえ、コレ入れていい？」とわたしはＤＶＤの黄色い盤面を老人に示した。「さっきそこで洗ったからきれいだよ」

「入れろ入れろ」と強く箱の中を指さす。

わたしはアヒルの横に「田んぼや畑を耕す田舎妻」のＤＶＤを静かに置いた。途端に老人は蓋を閉めて、ぶら下がった紐を上にたぐり寄せ始めた。かごに入れた虫を逃がさないようにするみたいな唐突さに、わたしたちは顔を見合わせて息を止め、それから笑った。

「おじさんってさぁ」とパパイヤが訊いた。「どこから来たの？」

「ああ？」

そう言って顔を歪めるのは、答えを遅らせたいからかもしれない。聞こえていないわけではない老人は、だから少しして海の方を見て、眩《まぶ》しそうに目を細めた。

「そんなの、ずーっとあっちの方だよ」と言う間にも、手際よく紐を箱に巻いていく。

「あの、海の向こうにでっかいタワーが見えんじゃん」

「ランドマークタワー？」とわたしは言った。「横浜から来たの？」

「いや、あれの下にもいたことあるってだけでよ。オレが来たのはそのずっと奥で。海見てずっと走って来て。横が海になるように」

「出身は、出身」

「ああ?」と老人は大きな声で言った。「出身たって、そんなん関係ねえじゃん。だって、忘れちまったよ」

「絶対ウソじゃん」とパパイヤが笑う。「言いたくないだけ」

「じゃあ、名前は」

「ああ?」

わたしたちがちょっと待ってみても、そう言ったきりだった。もう手は止まっていて、紐は一度だけ巻かれて、半端な長さに垂れ下がっている。

「名前」遠慮がちに繰り返した。「あるでしょ」

「人に訊くなら、自分から言うのが礼儀ってもんだろうよぉ」

「礼儀とかいう概念あんだ」

「失礼致しました」わざわざ丁寧に言ったあと、パパイヤに視線を送りながら「わたしは、ママイヤ」と名乗った。

「ウチは、パパイヤ」といたずらっぽく続ける。

「オレは、所《ところ》」

老人が遅れずに変に声を張ったので、わたしはぎょっとした。

「所？」とパパイヤが繰り返した。

それで先を促されたと思ったらしく、老人は目を上に泳がせた。開いた口が「ジョ」と言った。

「ジョ？」

もうひとがんばり何かひねり出そうとする風だったけど、そのうち下を向いて苦しそうに顔を歪め始めた。それがしばらく続くものだから、わたしたちは笑いそうになるのと心配するのを混じらせながら見守るしかなかった。

老人は、急に憑《つ》き物が落ちたようにさっぱりした顔で前を向いた。

「ジョン」

一瞬の静寂の後、パパイヤが「所……ジョン？」と口に出した。「所ジョン？」いかにもという感じで深くうなずくものだから耐えきれず、わたしたちは弾《はじ》かれたように大笑いした。なんだかツボに入って、しまいに地べたに力なく座りこんで、笑いやんでもそのままでいた。

そのうち、所ジョンはまた余した紐を結び始めた。それに集中しているから何も聞こえないとでも言うように前屈みに作業した。わたしたちはその様子を黙って見上げていた。不思議なことに、何匹かのカニが集まって来て、タイヤに寄り添うようにして止まった。

とても美しい蝶々結び《ちょうちょうむす》が蓋の真ん中にできると、所ジョンは二度手を叩いて、最後に拝むようにしてから顔を上げた。

「じゃあオレ、今日はここにいるからよぉ、なんかあったら声かけてくれよ」

急に別れを告げて、コンクリート製のポンプ場跡の端の口から中に入って行くのを、わたしは追いかけて覗きこんだ。入って一段上がったところには砂がたまって草も茂っている。コンクリートが屋根をつくり、一人がやっと寝転がれるぐらいのスペースはある。隅に畳まれたブルーシートが置いてあった。

「所ジョン」さっそく呼び名を使ってみる。「ここで寝る気なの?」

「雨風が来ねえからよ、いいんだよ」

狭いところを這って行く動きは、思いのほか力強かった。

「ねえ、ここさ、ときどき人来るよ」心配が伝わるように情感こめて声をかけた。「不良みたいなのがそこに上がって遊んでるの見たことある。危ないよ」

「そういう輩《やから》はよ、どこにでもいんだから。こっちがどこにいたって同じよ」

「じゃあせめてさ、自転車は見えないようにしまっといたら？」

「まかせるよぉ」といきなり眠そうな声を出す。「オレは疲れた」

わたしは、隙間なくヨシに埋め尽くされているポンプ場跡の裏を覗きこんだ。それからパパイヤを手招きして、まだ小さなエノキの木が一本、コンクリートとちょうど同じ高さに枝葉を伸ばしている景色を見せた。

「あれの下に、自転車を入れちゃって」

「なんでウチが？」パパイヤは納得いかない表情で腰に手を置いた。「自分でやんなさいよ」

「重くて無理」とわたしは言った。「自転車乗れないし」

「え？」パパイヤは口を開け、わたしをじっと見つめた。「ウソ」

「わかんない、乗れるかも」目を逸らしてベストのポケットに手を突っ込む。「乗ったことないってだけで」

「いやいや、なら乗れないでしょ」とパパイヤは冷たく言った。「今度、ウチのチャリ乗らしてみよ。めっちゃおもしろそう」

「遠慮しとく」

後ろ手を組んで前後に揺れるわたしをパパイヤはにやにや見つめた。それから、どこか意気揚々と裏に回って、自分と同じくらい背の高いヨシを何度も踏み倒し始めた。そうしてこしらえたエノキの下まで続く道へオンボロ自転車を押すと、箱の中身がガタガタとにぎやかな音を立てた。

さっき見た箱の中の明るさが頭の中に差してくる。きいれえ音だ、とわたしは思った。

パパイヤはポンプ場跡のそばまで自転車を乗り入れると、いやがるわたしを木の墓場からそこまで連れ出した。所ジョンの自転車はない。中を覗きこむと、四つ折りにされたブルーシートの上に、物が詰まったビニール袋が重し代わりに置かれていた。

「ムリ、ムリ」わたしはパパイヤに押されながら言った。「だってそんな椅子が高いの乗れないもん」

「なに言ってんの？　あと、椅子じゃなくてサドル」

「サドル」と受け流してまだ文句を並べる。「パパイヤの自転車なのに、わたしの足が届くはずないじゃん。ひどい」

パパイヤがレバーをゆるめてサドルが一番下までスコンと落ちると、わたしは心底驚いた。無意識に目を剝いてしまったのを見たパパイヤの顔が歪む。

「え、ほんとに知らないの？」

「知らなかった」

「ウソでしょ」と言って力強くレバーを締める。「初めてだし、一番下でいい？」

「いいようにして」

「あんたって、どんな人生送ってきたの？」

「チャリぬきの人生」

「ふーん」と反応は芳しくない。「サビぬきみたいな？」

「ついでにパパなし」

会話の方がめんどくさいような気がして、わたしは自転車を奪い取るように跨がった。それで、そこから全く動けなくなった。

「どうしたの」

「こっからペダルに両足を乗せるって意味がわかんないね」

「ペダルは知ってんだ」

「パパイヤがラッセンにだけ詳しいのと一緒よ」

「別にラッセンにだけ詳しいわけじゃないし」

「サドルはピカソ。聞いたことはあるから」と言ってから「ここで問題」と切り出す。

「ピカソは生きてるでしょーか？」

「死んでる」

「へえ」と大袈裟《おおげさ》に言う。「物知りなんだな」

怒ったパパイヤがいきなり自転車の後ろを押した。意外とまっすぐ進み出した戸惑いに、ハンドルを握りしめ、脚が斜めに張り出して固まる。パパイヤの足が地面を蹴り上げる音が響いて、誰もいないヨシの細道を自転車が走る。キャーキャー叫ぶわたしにカニたちが道を空ける。

と、足場の悪さにパパイヤがつまずいて、規則正しかった足音が乱れた。

「ブレーキ！」と声が飛んでくる。

「ブレーキ！」

威勢よく叫んだのに速度はゆるまない。パパイヤは膝をついて転び、自転車から手が離れたのが感覚でわかった。ふわふわした、寄る辺《べ》のない、いやな感じ。

「ブレーキ、手のやつ！」と後ろから声をかけられても握りこんだ指は剝がれず「手のやつ！」と繰り返すしかないわたしを乗せた自転車は、けっこうがんばって進んだあと、何匹かのカニが逃げこんでいくのを追い立てるようにして、一匹を踏んで、ヨシの茂みに突っこんで消えた。

そこを隠すように手前のヨシが元通りに閉じても、中では騒々しい葉擦れの音がしばらく響いて、それからしんと静まった。

「ご、ごめん」寄ってきたパパイヤが恐る恐る声をかける。「大丈夫……？」

わたしは少し離れたところから、茂みを鳴らして小径に這い出した。パパイヤの視線を感じながら、四つん這いのまま止まった。

「ブレーキも知らないとは思わなくて、ごめん」

「ブレーキはゴッホ」とわたしは言った。「ゴッホは？」

「死んでる」パパイヤは遠慮がちに言った。「もっと」

笑いもせず目の前の地面を見つめているだけのわたしを見て、パパイヤは心細く立っているしかない。でも、わたしは別に腹を立てているわけではなかった。

「今、思い出したんだけど」それについて考えていた。「あの小学生の絵って、黄色い空だったね。ほとんど一面のさ」

「そうだね」

「あの絵」軽い声の弾みに合わせて顔を上げる。「所ジョンが欲しがるんじゃない？」

「ああ」パパイヤは半分は機嫌を取るみたいにうなずいた。「確かに」

「ラッセンより、所ジョンの方がよっぽどあの絵を大事にしてくれると思う。だからあの絵、所ジョンにあげよう」

「あげようったって、ウチが海に投げちゃったじゃん」

ちょうどその時、入口に続く道の方からベルらしき音が微かに聞こえた。錆《さ》びついて響きのほとんどない掠れた音は、何度も鳴らされるたびに大きくなる。やがて、曲がりくねった道の先に自転車に乗った所ジョンが見えた。

「すごいタイミング」

「朝から出てたんだよ、所ジョン」わたしは教えた。「来る時にすれ違った」

しつこいくらいにガリガリとベルを鳴らしているのを、パパイヤが睨む。

「うるっさいなぁ」

「わたしもさっき言った。カニに鳴らしてるらしい」わたしはようやく体勢を変え、地面にしゃがみこんで所ジョンの来る方を見る。「でも気持ちはわかった。わたしもさっき自転車でカニ踏んだっぽいけど、パキッて、すっごい感触したから」

「うえ」

「カニって、割れたら痛いのかな?」

「さあ」と言いながらも一応考えたらしい。「めっちゃくちゃひどい頭痛みたいな感じかも。死にそうになるやつ。死ぬやつ」

わたしたちの間を、自転車に乗った所ジョンがベルをかき鳴らしながらすごくゆっくり通り過ぎる。整備もされないせいであらゆる部位から軋《きし》る音がする。真新しいビニール袋が、後輪の横にぶら下がっていた。

「無視だ」

感情のない実況をしながら、パパイヤはポンプ場跡に自転車を駐めた所ジョンを見ていた。周囲を気にする様子もなく隅から入って行き、すぐに自転車に戻って来ると、今度は、後輪横のビニール袋から大きなビール缶を取り出した。

「うわ、酒」とパパイヤは口を曲げた。「なんでそんな金あんだろ」

「ね、不思議。髪も意外とさらさらだし」

「髪？」

また入って行って、天井部分から出て来た所ジョンはこちらに背を向けて、ヨシ原を眺めながらビール缶を開けたらしい。勢いよく気の噴き出す音が、微かに届いた。

「あの上って行けるんだ」とパパイヤが言った。「どうなってんの？」

「なんかハシゴみたいのついてる。上がったら、コンクリの枠の中が砂とか土で埋まっちゃってるから普通に歩けるよ」

「あそこに住む気なんかな？」

「かもね」そう言ったあと、所ジョンに向かって叫んだ。「ちょっと！　自転車しまえって言ってんでしょ！」

所ジョンはこちらを向き、にこやかにビール缶を掲げた。

「ダメだ」

脱力するわたしをパパイヤは驚いたように見下ろしている。

「なに？」

「あんたってすごいよね」

「え？」

「ガンガンいくじゃん。ああいう人と関わらないようにって言われたりしなかった？」

「誰に？」

「親とか、学校とか」

「さあ」とわたしは首をひねった。「聞いてなかったのかも」

「うける」笑いもしないでパパイヤは言った。「自転車も乗れないし、変だわ」

「その変なのと仲良くしてるそっちも変。ホームレスの自転車整理する女子高生」

「あんたがやらせたんでしょ」

「今日もやったげてよ。わたしは足が痛くて動けないので」

「えっ」パパイヤはわたしのもとに駆け寄った。「ちょっと、平気？」としゃがみこむ。

「ウソ、ウソ」わたしは笑顔を浮かべて、間近にあるパパイヤの顔を見据えた。「なんともなし」と囁《ささや》くように言って、パパイヤの頬に指をかける。「砂ついてる」

こんなところに入り浸るせいで、パパイヤの肌は夏に入ってますます小麦色と形容するに相応《ふさわ》しくなっていた。そこについた砂は汗の滴がまとっていたもので、拭おうとしたわたしの人さし指は、ちょっと開いている唇の方まで砂と汗をのばすことになった。

「あ」思わず声が洩れる。「ごめん」

「なに？」

「汚れちゃった」

パパイヤはそこを確かめるように触れ、それからごしごしと拭った。膝に置いて伸ばしているわたしの腕が、ぱらぱら落ちてきたわずかな砂を感じた。

「やりゃあいいんでしょ」

声を張ると、パパイヤは所ジョンの方に歩いて行った。そして、何やら上に声をかけてから、自転車を裏へ押しこんだ。その様子を見て、わたしはパパイヤの自転車がそのままなのに気付いた。ヨシの茂みから引っ張り出す前に、後輪がなんとか覗いているその写真を撮った。

その日の帰り、小櫃川沿いの道。昼を過ぎたばかりの暑さで、アスファルトにはそこかしこに陽炎《かげろう》が立っていた。

「あの絵のことだけど」パパイヤは青一面の田んぼに目をやりながら言った。「今度、捜しに行こうよ」

「え?」わたしは驚き混じりに「さっき」とつぶやいた。「あんまり乗り気じゃなさそうだったのに」

「いや、ウチもあの絵のこと、実はずっと気になってたんだよね。あんな、ごまかすみたいなその場のノリでさ。しかも海外になんか行かないのに」

「行かないかどうかわかんないけど。でも、気にしてたんだ」

「ちょっとはね。あと、そもそもゴミのポイ捨てだし」

「確かに」

「でも一番はさ、あんたがさっき言ってたことがその通りだなって。所ジョンならあの絵の良さをわかってくれるかも。良さっていうか、扱い方っていうか」

「うん」

「で、お盆休みとはちょっとずれてて早いんだけど、五日だけ部活ない期間あるんだ。

家族じゃどこにも行かないし、バレー部で遊びに行くかもしんないけど、何日かは絵を捜すのもできるかなって」

「うれしい」思わず言ってしまったのをごまかすように付け足した。「どうして休み早いの？」

「二十日頃に大会あんだけど、お盆に休んじゃうと明けてすぐ試合になっちゃうじゃん？　体なまっちゃうから、前にずらしてんの」

「なるほどねえ」実感のこもらない納得をしたあと、ちょっとそばに寄って「わたし、ずっと考えてたんだよ」と打ち明けた。「パパイヤがボトルを投げた時ってさ、潮が引き始めて何時間も経ったところだったでしょ。だから、あのあと干潟から出たとして、今度はすぐ満ち始めるわけだから、潮の流れ的に、そんな遠くには出て行かなかったと思うんだよね」

「まだ近くにあるってこと？」

「下手《へた》したら、干潟に戻って来てるくらい」

「あんなにがんばって投げたのに？」

「なに、くやしいの？」わたしは苦笑いしつつ続けた。「まあ干潟はさ、暇なわたしが、パパイヤのいない時にでも来て捜しとくよ。意外と、所ジョンが自分で見つけちゃったりするかもしれないし。あ、ちょっと待って」

今日は小屋に入って顔を出しているヤギにカメラを向けるわたしの背中に、パパイヤのもどかしそうな声がかかる。

「他はどこ捜せばいいの」

レンズカバーをはめながら「地図出して」と言う。

パパイヤは「自分のでやりゃいいでしょ」と文句を言いながらも、自転車を止めてスマホの地図アプリを開き、二本の指で大きさを調整した。

「ここから投げたから」わたしは魚の頭の形をした小櫃川河口干潟を指さし、その南西に広がる、角の立った埋め立て地が小さな港湾をつくっている木更津の海を広く示しながら「ここで留《とど》まってるんじゃなくて、もっと沖に出てた場合、東京湾の反時計回りの潮の流れに乗るかもだから」と言って、北の岸へと指をなぞらせる。「袖ケ浦《そでがうら》の方まで海沿いを捜すかなって感じ」

「袖ケ浦なら近いじゃん」パパイヤはそう言ってすぐ「にしても広いけど。全部見んの？」と顔を曇らせた。

「どうせわたしたちが見回れる場所なんてほとんどないよ。工場の敷地は入れないし」

「そういうとこに行っちゃってたらどうすんの」

「どうもできないけど?」

パパイヤは真剣な眼差しを地図に向けている。

「でも、行ってみないとわかんないからさ。予定立てて袖ケ浦の方まで行ってみようよ」

「じゃあ、帰ったら部活の予定表見て連絡するわ。ちゃんと決めよう」

「うん、楽しみだ」

わたしたちはまた他愛《たわい》ない話に戻って、そこで別れる橋の袂へと上がって行った。

「今度もう一回さあ、バレーボール持って来てよ」

「ウソ、やりたいの?」パパイヤは笑い混じりに言った。「前、めちゃくちゃ文句たれてすぐやめたじゃん」

「なんか、今ならできる気がする」

「あんたに当てて地面に落とすゲームみたいになるからなー」

「ひど」

窮屈に曲がる坂道に、県道から軽自動車が下りて来たのを縦になってやり過ごす。

「なんかさー、もっと軽いボールないの？」

坂を上りきった県道には、長い橋が空に消える右も坂を下る左も人の姿は見当たらず、信号の変わるごとに何台かの車が過ぎて行くばかりだ。パパイヤはそれをよく確かめてから、わたしに顔を向けた。

「ぜんぜん軽いじゃん。バスケのボールとかどうなんのよ」

「あれはぶつけにこないじゃん。みんなちゃんと床にはずませるし」

「バレーもぶつけにいってないし。むしろ床にはずませようとしてみんながんばってんだし」

言い返せずにいると、木更津駅からアウトレットの方に向かう袖ケ浦駅行きのバスが橋を渡って来る。パパイヤはそちらを気にして背を向け、通り過ぎると中を確認するように目で追いかけた。

「どうしたの？」

「いや、別にいいんだけど」とパパイヤは言った。「学校の人に見られると、めんどくさいことになるから」

わたしはパパイヤを見上げた。自分でもわからなかったけど、口が開くまでに、いつもより少しだけ長い間を必要とした。

「わたしと話してると」言葉を理解しようとして口に出す。「めんどくさいことに」

「や、ちがくて。場所がさ。ごめん」

あてつけのように聞こえたのか、パパイヤの戸惑いが震えた声でわかった。そんなパパイヤを見るのは初めてだった。わたしの理性はそれを見たくないと言ったのに、わたしの感情はもっと見たがって、言葉が背筋を内から撫《な》でるように喉をせり上がってきた。

「なんで」そんなこと言ってはいけないと思いながらわたしは言った。「謝るの」

そんな台詞を追いかけて来るように、自分の顔に影が差すのがわかった。

「あんたのせいじゃなくて」

その影が表情を覆い尽くしてしまう前に、わたしは身を翻していた。前のめりのあやうい体勢を立て直して、でも下を向いて、ゆるやかな坂を下っていた。

そんな気もないのに、頭に浮かんだのはママのことだった。わたしの後ろ姿を見つめるママ。ママはあの時、今と同じ格好をしたわたしを見ていた。いや、見ていたかなんてわからない。わたしはあの時、一度も振り返らなかったのだから。

アスファルトに目を落としたまま、歩みがゆるんでとうとう止まる。恐る恐る振り返る肩越しに、自転車を支えたまま立ち尽くしているパパイヤが見えた。わたしをじっと見ている。

気付けば踵《きびす》を返していた。上りの足を踏み込むように歩き、目の前で止まる。歯を食いしばった口のどこからかキッと鳴るのと同時に、パパイヤを見上げた。

その顔には、わたしが思っていたような沈んだ色は読み取れず、驚きと変な笑いが混ざって浮いていた。わたしは訳がわからなくて泣きそうになったけど、泣いたらもっと訳がわからないから必死で我慢した。

「こういう時ってさ」表情に見合った気楽さでパパイヤは言った。「フツーそのまま――」

「知らない」と黙らせ「謝って」と続けたところで顔を合わせていられなくなり、下を向いて、なんとか「ほしい」と付け足した。

「さっき、なんで謝るのって――」

「わたしは」こんなわがままを口に出すことは、無意味で相手を引かせるだけのくせして、わたしにはとても勇気のいることだった。「ここじゃないどこかにいるパパイヤの姿なんか見たくない」

甘ったれた言葉を、パパイヤはどんな思いで聞いたのだろう。わたしの恥で歪んだ顔は、パパイヤの目にどんな風に映ったのだろう。

何を思ったか、パパイヤはわたしのみぞおちのあたりにぶら下がっているカメラを取って、わたしの顔に向けてファインダーを覗いた。かかったままの長いネックストラップがうなじをくすぐる。

「あれ？」パパイヤが首をひねる。「見えない」

手を伸ばしてレンズカバーを外してやると、カメラの端から照れ笑いの口角が覗いた。すぐにシャッターが切られた。

「これはいけたかも」細めた目がカメラの陰から出てくる。

わたしにはパパイヤが何を考えているのかわからなかった。でも、それが目の前のわたしを思いやっての行動だというのは痛いほどわかった。痛いのは、そんなことをごく自然にやってのける彼女に、わたしが返せるものなど何もないのだと思ったから。

「これってさ、現像しないの？　今までけっこう撮ったけど」

「しない」

「なんで？」

「なんでも」

「ふーん」と言って、パパイヤはカメラを私の腰骨あたりで手放した。「そっか」

わたしの首の後ろに重さが戻る。それで何もかもいつも通りにしてくれるパパイヤの優しさに、わたしは甘えるしかなかった。

「次はボール持って来るからさ。十回、目指そうよ」

「目指す」とわたしは言った。


約束通りにやったバレーボールは、前となにも変わらないひどい有り様で、ラリーは八回がやっと。最後は互いに飛び込んで寝そべったまま笑い合った。

その帰り道、六日後の朝八時に入口のフェンスの前で待ち合わせる約束をした。パパイヤの部活が休みに入る日だ。

わたしたちが最低でも週に一度は会うようになってから、ＬＩＮＥでのやりとりは減って、どちらともなく最低限の連絡だけになっていた。でも、この時ばかりは、歩いて行こうとか、どこまで行くとか、ここを捜そうとか、沢山やりとりして計画を立てた。

でも数日してから、パパイヤからの返事が急に滞るようになった。夕方にいっぺん既読がついて、いくつか返事がつけられると、また次の夕方まで既読さえつかない。もう大方のことは決まっていたから、どうしたのかとも言えずにいた。

いよいよ迎えた当日は霧雨だったけれど、時間通りに待ち合わせの場所へ向かった。必要なものを詰めこんだリュックサックを背負って、その上からレインコートを着て、ビニール傘を差していつもの道を行く。傘は干潟に置いていってもいい。ボートヤードのヤギは、ボートの下に寝そべって雨宿りしていたけれど、写真を撮る気にはならなかった。

フェンスの前にはいつにも増して人の気配がない。大きな水たまりを避け、舗装された道路に立って待っていると、時間になってパパイヤが来た。自転車で、レインコートを着て。

「ごめん、あんまり連絡できなくて」

自転車に乗ったまま、フードをちょっとめくるようにして現れた笑顔はどこかいつもとはちがっていたから、わたしはビニール傘を大きく後ろに傾けて、黙って見つめるだけになった。

「家のネットもスマホも急に止められちゃってさ。その辺のWi-Fiでつなげてるから、そんなしょっちゅう返せなくて」

「なんで」睫毛《まつげ》を掠める雨に何度も目を瞬《しばたた》かせる。「止められちゃったの」

「なんか父親が、けっこう前からちょろまかしてたみたいで」とパパイヤは言った。「家族全員止まってんの。お母さんは職場に迷惑かかるってキレてるし、父親は逃げてて連絡もできないからどうにもなんないし。うけるよね、今時」

話している間にも、わたしの顔はどんどん濡れていった。パパイヤはわたしの傘を手前に引っ張って、雨をさえぎった。互いの顔が見えなくなる。

「ま、そのうち復活するだろうし、気にしなくていいよ。似たようなこと前もあったし」

「うん」

「でもさ」そこでパパイヤははなをすすった。「今じゃなくていいのにね」

「すぐ」とわたしは努めて穏やかに声を出した。「言ってくれたらよかったのに」

「ごめん」と悲しげな声。「余計な心配さすのもどうかと思って。学校の友達とかごまかすので疲れちゃって」

わたしは唇を噛《か》んで言葉を探しながら、傘を上げられずにいた。

「でも、だからちょっと、そういう気分じゃなくてさ」ビニールの上を水滴が流れて、一瞬だけ顔が覗いた。「雨だし、今日はなしってことで。また連絡する。ほんとにごめん」

自転車が後ろを回って、わたしの傘の陰から反対向きに出て行く。その背中に「ねえ」と声をかけた。

「明日も部活ないんでしょ」

短いブレーキの音で自転車が止まる。急に強まった霧雨が、遠い耳鳴りのような響きとともにあたりを白く包んだ。

「朝八時に、ここで待ってるから」

翌朝、少し遅れて行くと、パパイヤは自転車を駐めてフェンスに寄りかかっていて、わたしに気付くと目を背けるようにした。わたしは目の前に立つと、リュックサックを背負い直しながら笑顔で言った。

「晴れたね」

「そうね」と警戒している。

「昨日話してたことってさ、学校の友達には言ったの？」

「言ってないけど」

「わたしだけ？」

「それだと、なに？」

「なんもないけど、わたしもスマホ、やめることにしたからさ」

パパイヤはちょっと驚いた顔を見せたけれど、眉をひそめ「なんでよ」とすごんだ。

「あんたがやめる必要ないじゃん。同情とかやめてよ」

「や、別に同情とかじゃなくてさ。いいこと聞いたなって思ったの」

「は？」

「わたし、パパイヤとしかやりとりしてないんだよ」

それを聞いたパパイヤは、フェンスに寄りかかっていた背を反動つけて離した。わたしを試すように斜め上から見下ろす。

「学校の友達とかは？」

私はゆっくり首を振る。

「いないってこと？」じれったそうな表情にはそぐわない、同情の混じった声。「別になんか、想像つくけど」

「そもそも行ってないんだ、学校」

「は？」

「無職っていうか、中卒っていうか。まあ、中学もほとんど行ってないけど」

パパイヤは口をぽかんと開けていた。こんなことは初めて人に言ったけど、なんだか愉快な気分だった。でも、それは相手がパパイヤだからかもしれない。さらに愉快だったのは、パパイヤがそれだけで済ませたことだ。

「それはそれとして、スマホは日常生活に必要でしょ」

「必要じゃないよ、別に。パパイヤみたいにゲームもしないし」

「お母さんに連絡したりさ」

「しない。ママからくるだけ」

「なら必要じゃん」

「だからいらないんだよ」

「は？」

「いないくせにスマホだけ預けて、自分の連絡には心配だから応えなさいって、そんなのおかしいじゃん」

「なに、お母さん、家にいないの？　あんた、一人で暮らしてんの？」

「そう。パパイヤと連絡つかないのに、ママとだけつながってるのもなんかしゃくだし」

パパイヤは何か言いたげに、もしくはなんだか笑いそうに、口角をわずかにひくつかせていた。

「だから、スマホは返した。家の、ママの机の引き出しに入れてやった」

「それで返したことになんの？」

「鍵付きの引き出しでさ、なんか大事なものとか入ってんだよね。鍵の隠し場所もわたし知ってんの。流しの下の水道管に紐で引っかけてたのを見つけた」

「やば」

わたしはポケットから真鍮《しんちゅう》の鍵を取り出してぶら下げた。「それがコレ。鍵は閉めてきた」

「けっこーガチの鍵じゃん」

「こいつを」と言って、笹藪に向かって振りかぶる。「こうだ!」

笹藪の向こうはすぐに防潮堤だ。その数メートル下は、海水が入って来る干潟の最奥部。ヨシに囲まれて、おいそれと入ることはできない。そこに投げ入れてしまいたかったのに、わたしの手を離れた鍵はだいぶ下の葉に弾かれて目の前に落ちた。

「なし、なし」と慌てて拾い「こうだ!」ともう一度投げたら、ほとんど真上に飛んで何にも触れずに落ちてきた。

「なに?」退屈そうに首をさすりながらパパイヤは言う。「ふざけてんの?」

「ちがう!」

叫んだ声には少しトゲが生えていたけど、そうでなくてもわたしが本気なことぐらいパパイヤにはわかっていただろう。

「ほんとにいいんだ？」パパイヤは強い口調で言った。「お母さんの大事な物も入ってんでしょ？」

「手紙とかアクセサリーとかね。置いてってんだし高が知れてるよ。だいたい、鍵がないからってなくなるわけじゃないし」

「いいなら、貸して」手のひらを上にしてわたしの前に出す。「ウチがやってあげる」

予想もしない申し出にちょっとたじろいだけど、平気なふりして鍵を放って託そうとした。でも、すんでのところで握りこんで、そのまま歩み寄った。笑ってうなずきながら差し出されたパパイヤの手のひらに鍵を落とし、手を添えて握らせる。パパイヤの手は少し冷たくて快かった。わたしはしばらくそれに触れたままでいた。

「離して」とパパイヤは静かに言った。「やるから」

ぱっと離した手をそのまま後ろに回す。その動きにまかせて数歩下がり、笹藪の上をちらと振り仰ぐ。

「ほんとにやるよ」パパイヤは道の反対側まで大股で下がりながら言う。「いいのね」

「何度も訊かないで」

パパイヤの片足が上がって反対の肩と腕が下がる。普段はすとんと落ちて見えるなだらかな胸の膨らみが一瞬、さりげない筋肉みたいに現れる。首に浮いた筋が上半身にこもった力を知らせる。その力が、足の踏み出しと同時に小さく回された肩に集まったかと思うと、肘、腕、手首と順になめらかに動いて、指先から放たれる。

高い放物線の一番上できらりと輝いた鍵は、あっけなく藪の奥へ消えた。

「すごーい」わたしはそのまま見上げていた。「さすが」

「え？」その背中にパパイヤの声。「ほんとによかったの？」

「うん」見上げたままわたしは言った。「せいせいしたね」

「ていうかウチ、物を捨てすぎじゃない？」

その声のいつもみたいに軽い響きは、わたしを勢いよく振り返らせた。上げた肘を逆の手で引っ張っているパパイヤを写真に撮ればよかったけど、そんなことは頭になかった。

「あのさ、せめてさ」とわたしは勢い込んでしゃべった。「ウイスキーのボトルは回収しなきゃね」

「そうね」パパイヤは笑いつつも心配そうに続けた。「でも、本当に平気なの？」

「平気だって。共犯もいるし」

「あんたがやれって言ったんだから、ウチは責任持たない」

「パパイヤのせいにはしないよ、絶対、何されたって口は割らない」

「お母さん、怒るんじゃないの？」

「怒られるんならまだいいけど」

そう言って組んだわたしの腕や肘にある沢山のすり傷をパパイヤは見とがめた。

「あんた」と目を剝く。「それ大丈夫？」

「うん、ちょっとこけただけ」わたしは両腕を体につけて隠しながら言った。「もう治りかけだから」

「ちょっとこけただけって」

「いいから、さっさと自転車置いて出発しようって」

心配そうなパパイヤをよそに、わたしはフェンスの中へ入って行った。干潟へ続く小径を、カニを追い立てながら歩いて十分。ポンプ場跡の前に、荷物を外してある所ジョンの自転車が置いてあるのが見えたところで、わたしは叫んだ。

「ちょっとここで待ってて！」

一目散に自転車の方へ駆ける。いっぺん振り返ったら、パパイヤは指示通りに止まって不思議そうにわたしを見ていた。

息を弾ませながら所ジョンの自転車のところまで来ると、スタンドを蹴り上げて跨がった。両足を地につけて、数十メートル先のパパイヤに大きく手を振る。反応なし。笑ってしまいながらハンドルを握り直し、片足をペダルにかけて勢いつけてこぎ出した。ふらつきながらも、タイヤが砂利に押しつけられる音は途切れない。前を見ることはできず、視界の奥に揺らめくようだったパパイヤの姿がだんだん近づいてくる。ハーフパンツから伸びる長い脚がはっきり形を取ったところでブレーキをぎゅっと握って止まり、誇らしげに顔を上げた。

「見てた？」

黙って何度もうなずくパパイヤの顔を、自転車に跨がったまままさらに覗きこむ。

「もう、自転車乗れないってバカにしない？」

「しない」

それを聞いて、今度はわたしが深くうなずく。ヨシ原の中で、モズが地鳴きとさえずりを、けたたましく笑うみたいに繰り返している。

「先週からさ、毎日ここに来て所ジョンに自転車借りて、練習したの」そこでポンプ場跡の方を振り返り「絵を捜しに行く時にさ、二人とも自転車乗れた方がいいじゃん？」と声をひそめる。それからまた最大までボリュームを上げて「あと、驚かせてやろうと思って」

「驚いた」と小さな声が返ってきた。「驚いたよ」

カメラを出そうと手を離したら、ハンドルがぐいっと横に切れてよろめいた。体勢を立て直し、照れ笑いを浮かべながらカメラを構えてパパイヤを撮る。

「なんなのよ」

「がんばった甲斐《かい》があったなー」カメラをぶら下げて、肘の硬く盛り上がったかさぶたを触る。「めちゃくちゃ転んでさ」

「ホームレスに借りて自転車乗れるようになるやつ、初めて見た」毒づきながら、パパイヤは所ジョンの自転車を見た。「なんかきれいになってない？　変な音も鳴らないし」

「自転車屋さんに行ったのだよ、わたしが」と低い声で言ってから、そこだけ真新しい銀色のベルに指をかけてチリンチリンと鳴らした。「だから、もう町の中も走行済み。だってね、聞いて！」と思わず目が見開いた。「アウトレットの辺まで一人で行ったの。すごくない？」

「すごいすごい」めんどくさそうに言って「すごいけど」と続けた。「なんであんたが修理すんの」

「所ジョンがけっこうケチでさ、練習させろって言ったら」と、そこでもったり「自転車を修理してくれるんなら貸してやるよぉ」と声色を真似てすぐ戻る。「とか言って、一丁前に交換条件出してくんの。お金もわたしが出したんだよ。ひどくない？自転車屋さん、同情して新しいの買うより安くしてくれたけど」

「そんなボロいの見たらね」

「やっぱそういうことかな？」

「そうでしょ」何に対してかわからないけど、パパイヤは呆れ顔だった。「ていうか暇なんだね、あんたって。そりゃそうか」

「学校行ってないから。でも今、夏休みじゃん。フツーの高校生と一緒じゃん」

「フツーの高校生は、ホームレスの自転車なんか修理しないんだって」

「またそういうこと言って」

「そういうこと、先に言ったのあんただし」パパイヤはわずかに頭を覗かせているポンプ場跡に目をやった。「所ジョンはどこにいんの？　中にいる？」

「たぶん？」一応振り返ったけれど、すぐに向き直る。「わたしが自転車使うから、今日はどこにも行かないって言ってたけど」

「仲良くなりすぎじゃない？　あんたたち」

「わたしは、パパイヤと所ジョンと、二人だけだもん。パパイヤは学校の友達とかいるだろうけど。わたしからしたら、そっちの方が仲良くなりすぎ」口がすべって、慌てて付け足した。「とか、思ったり」

「何あせってんの」パパイヤはそう言って海の方を見た。「なるほどね」

声をかけてノックしたけど返事がないから、自転車二台で出発した。

フェンス横から出ると、しばらく海は見えない。左にホテル三日月の大きな建物がいくつもひしめいているのを横目に、むせ返るような夏の田畑の一本道を進んだ。風が田んぼの上っ面をかき分けて走り、緑の稲が淡い色を見せながら涼しげに鳴り渡る。

人がいないのをいいことに、わたしは「こっちこっち」と後ろのパパイヤに大声で伝え、大いにふらつきながら左に曲がる。

「そんな運転のヤツに案内されるの、怖いんだけど」

「まかしといてー」と威勢よく小さな墓地に目をやる。「先週はずっとコイツに乗ってぐるぐるしてたから、この辺は庭みたいなもんよ」

「ウチがうじうじしてた時、あんたチャリ乗り回してたんだね」

墓参りの老人が一人いるのを視界の端に入れながらゆっくり通り過ぎる。

「あの角で曲がりきれなくて、ちょっと茂みに突っ込んだけど」

「なんかさ」と言ったパパイヤは「すっごい今」ともどかしそうに続けた。「子供の頃思い出した。ウチもちょっと乗れるようになった頃、家の近所の同じコース何度も走ってたわ」

「おなじだ」

「こっちは十年前の話だけど」

「バカにしてるなーやっぱ」

車の出入りが多いホテルの前を過ぎて、長い海沿いの道に出た。自転車に乗ったまま堤防の下を覗きこんでも、何かが流れ着くような造りではないから先へ進む。急ブレーキを踏んで追突しそうになったり、かわいそうに轢《ひ》かれてしまったハクビシンの横を踏んじゃう踏んじゃうと大騒ぎで通り過ぎたりしながら、小さな漁港へ渡すように架かっている橋に着いた。

わたしは一枚写真を撮ってから、フィッシングベストの一番大きなポケットから観光用の地図を取り出して広げた。

「不便、紙の地図って」とパパイヤは言った。「今どこかわかんないじゃん」

「わかるよ」わたしは見立橋《みたてばし》と書かれたところを指さす。「ここ」

「もうこんなとこ？　ウチら、どこまで行くんだっけ？」

「とりあえず、ここ」と袖ヶ浦海浜公園を指さす。「公園なら、流れ着きそうな場所があったら捜せそうだから」

それは五キロほど東、海に突き出た埋め立て地の先端にあった。でも、パパイヤはその手前を指さして興奮気味に言った。

「あ、アウトレットってここにあんだ？」

「捜せそうじゃない？」片目を細めて不機嫌そうに、もう一度言う。

「バスでしか行ったことないからよくわかんなかったわ」

「捜せそうじゃない？」

謝ってもそれしか言わなくなったわたしをなだめると、パパイヤは一仕事終えたとでも言いたげに、ペットボトルに詰めてきた麦茶を出して飲んだ。そして、わたしにも差し出した。

「飲む？」

「え？」と言った後で「持ってるけど」とリュックサックを振り返りながらも「じゃあ」と受け取る。

「うちの冷蔵庫、麦茶しかないんだ」パパイヤはハンドルに肘をついて、前屈みになりながら言った。「水よりマシだけど」

「麦茶って、すごい久々に飲んだよ」

そう言ったら、パパイヤは不思議そうにわたしを見つめた。

わたしは戸惑って「なに？」と訊いた。

「まだ、飲んでないじゃん」

「そっか」

恥ずかしさをごまかすようにごくごく飲んだ。だいぶぬるくなっているせいでなつかしい香りが強く鼻に抜ける。少しを口に含んだままにして、わたしはペットボトルを突き返した。

「変なの」

そっぽを向いて、わたしは口の中の麦茶を飲み下した。

わたしたちは波打ち際を見ながらのろのろ自転車をこいだ。茂みや堤防の陰など、怪しいところは自転車を降りて覗きこんだけど、お目当てのウイスキーボトルは見当たらない。ゆるやかなカーブを描く海岸通りを進むうち、遥《はる》か先の水平線に架かっていたアクアラインが角度を変えて、陸から突き出すように見えてくる。それをくぐればまた別の漁港。関係者以外立ち入り禁止の看板の前で、わたしたちは自転車を止めた。

「こういうとこには流れてきたりしないのかね」遠い水際を恨めしそうに眺めながら、パパイヤが言った。

「多分ないよ」とわたしは答えた。「船があるわけだからさ、あんまり水が動かない方がいいわけじゃん。動かないってことは、そんなに水が流れこまないってことでしょ」

「ふーん」感心しているのか何なのか、わたしをじろじろ見る。「あんたって頭いいよね。学校行ってないのに。読書してるから?」

「ナゾ理論だ」

「別にナゾじゃないし」

漁港を過ぎ、家の間を縫って再び海辺に出ると、公園として整備された道を選んで進む。フェンスの向こうは干潟で、潮は引いているけど何も見当たらない。反対は、広大な駐車場を従えたショッピングモールや大型店舗の群れ。小さな遊園地もある。何より高くわたしたちを見下ろしているのは遠くからも見えていた観覧車で、わたしはしゃがみこんで写真を撮った。隣でパパイヤも、それをぼんやり見上げている。

「乗りたいの？」とわたしは訊いた。

「まさか！」とパパイヤは声を張った。「絶対ムリ」

「高所恐怖症？」

「ぜんぜん？　なんか信用できないだけ。ジェットコースターとかはがっしりしてて太い鉄使ってるから平気だけど、あんな細い鉄じゃ信用できない」

「細い鉄？」

「そう、細い鉄」

「ナゾ理論だ？」

「なんでよ。ちがうし」

「じゃあ、絵が見つかったら二人で乗ろうよ」

「じゃあの意味」

「いいじゃん」

「ダメ」しゃがんだままのわたしを叱りつけるように上から言う。

「なんでー?」と口を尖《とが》らせて見上げる。「乗ろうよ」

「ずるいでしょ」後ろに太陽を従えて、正義は我にありという調子だった。「絵は見つかるんだから、それで観覧車も乗ったら、あんたの得ばっかでずるいじゃん」

その理論があまりにも眩しくって、思わず観覧車に目を逸らした。青空を透かしてじりじり動きながら、七色以上に塗り分けられたゴンドラのそれぞれがわずかに揺れている。

漁港のくぐもった放送が響く中をしばらく行くと、海浜公園通りに突き当たる。鉤《かぎ》形《がた》の埋め立て地には、東側に工場が並び、西の海沿いに長い一本道が通っている。袖ケ浦海浜公園へと続くその道を見通すと、海を前にヤシの木がどこまでも並んでいるのが見えた。

それと観光マップを見比べながら、わたしは笑った。

「その名も千葉フォルニアだとさ」

「いいじゃん」と言ったパパイヤは深呼吸してヤシの木を見通している。

「うそ」わたしは耳を疑った。「ダサくない？」

「名前は。でも、カリフォルニアみたいってことでしょ？　見た目はいいじゃん」

「まあ、見上げればね」眩しさに目を細めながら思い出す。「カリフォルニアっていうかロサンゼルスだけど、そこのオーシャンサイドって、海沿いの道路の下がビーチになってんの。白い砂浜で、見渡す限りの海でさ」

「ハワイみたいな感じ？」

「まあ、大体。こっちはべちゃべちゃ」

「うちのお母さんが冗談で言うんだけどさ、ウチが大人になってなんにも気にする必要なくなったら、さっさと離婚して今まで通りに働いてお金ためて、ハワイに住もうかなって」

「好きなの、ハワイ」

「行ったこともないくせにね。ただの憧れ」

高い堤防の端に寄ると、フナムシたちが一斉に逃げて行った。見下ろせば、積み重なった消波ブロックと潮が引いて剝き出しになった砂地。まだ黒く濡れたままの石が転がったそこかしこに大量のカニがうごめき、足音を聞きつけて競うように陰へと隠れる。

カニがみんな見えなくなるのを待って、パパイヤは遠慮がちに言った。

「カリフォルニア、行ったことあるんだ?」

「行ったっていうか、何ケ月か住んでた」

「あんたの家ってさ」パパイヤはそこで言葉をためてから、ぽつりと言った。「なんなの?」

「なんなんだろ」とわたしは言った。「知りたい?」

「教えてくれんの?」

「そっちも話してくれたし」

消波ブロックには流れ着いたゴミがまばらに引っかかっている。何十本と並ぶヤシの木の下、歩道ではなく芝生の上を縦になって自転車を押しながら、ボトルを捜す。

「なんかすっごいありきたりな話になっちゃうんだけど」とわたしはパパイヤの背中

に向かって言う。「芸術家兼翻訳家のシングルマザーに振り回される一人娘って感じかな」

「ゲージュツカ」

「色んな国で個展やります、名前は英語で検索した方が沢山ヒットします、誕生日に勝手に送られてきた絵を売ったら何十万です、みたいな」

「なに、絵が送られてくるって」

「いるの、そういう人が。おめでとう我が同志よ、みたいな馴《な》れ馴《な》れしいヤツ。でもママは、わたしに嫌われてることにも気付かないバカの絵が家にあってもねって平気で売っちゃうの。壁が隠れてもったいないとか言って」

「それが何十万もすんの？」

「すんの。売らないやつも沢山あって、多分そっちはもっと高いと思うけど。そういうお金で、干潟と埋め立て地の方が多い海辺の町に気まぐれに家買ってアトリエにして、一人娘を置いてったり」

「それが、今の状態？」

「そう。『木更津キャッツアイ』見てたってだけで」

「あんたが何歳の時？」

「中三だったから、十五？　わかんない」

「やば」

「傍《はた》から見たらやばいんだけど、なに不自由なく未婚のシングルマザーやれちゃうような人って、怖いもんなしなんだよね。底が抜けちゃってんの。みんなが議論するようなとこにいないんだもん。ネグレクトって年でもないし」

「あ、育児放棄」言葉にそぐわないうれしそうな顔でパパイヤは言った。「授業でやった」

「それに、小さい頃は色んなことさせてもらったから」

「色んなことって」

「ピアノとバレエはどこでもやってたし、絵も写真も、多分けっこうすごい人たちにちょこちょこ教えてもらってたんだよね。海外で暮らすのも、世間的には貴重な経験じゃん？」

「すっごいレアな親ガチャだよね」

「レアならいいってもんじゃないよ」とわたしは言った。「子供もレアならいいけどさ」

　会話が少し途切れて、トラックが何台かわたしたちを追い越して行った。

「正直、どれも才能なかったから居心地悪かったんだよね。ママもそれがわかったんじゃない？　これ以上連れ回してても、わたしが惨めになるだけだって。だから、ママのわたしへの教育って、中三の秋で終わったの。挫折して」

「さびしくなかった？　泣いちゃったりとか」パパイヤはそこで振り返り、ちょっと笑った顔を見せてくれた。「あんま想像できないけど」

「そりゃあったよ」わたしはそこに視線を送ってから空を見上げた。「でも、すっごい小《ち》っちゃい頃は別にして、ママの前では泣いたことない。だから他の人の前でもだけど。そんな勇気もないしさ」

「勇気なの、それ」

「勇気じゃないの？」

「ウチ、お母さんの前でめちゃくちゃ泣くからなー」

「いいことよ」

「ていうか、ぜんぜんありきたりの話じゃないし」

「そう？」

前も後ろもヤシの木が並ぶばかりの、打ち明け話をするにはうってつけの環境だったけど、頼りない日陰しかできない木の下、照りつける陽射《ひざ》しはとても強くて、だんだん口数は少なくなった。わたしは自転車を自分の体で支えながら、こっそり写真を撮った。

「パパイヤ、日焼け止め塗ってないでしょ」カメラをポケットにしまってから声をかける。「地黒じゃすまないぐらい焼けてる。肌によくないよ」

パパイヤは歩みを止めて、ゆっくり振り返った。少し遠くからまじまじとわたしの顔を見つめている。

「なに？」

「あんたって、いいヤツだよね」

「あー？」

「まあ、変なとこもあるけど、そんな育ちのくせに、くせにっていうか、いいヤツ」

返事の代わりに、自転車のベルをチリンチリンと鳴らした。替えたばかりの濁りない音はちゃんと上機嫌に聞こえる。堤防の下では数の減ってきたカニが散っていく。

笑って自転車を押し始めるパパイヤに、わたしは言った。

「このベルの音って、カニには聞こえないらしいよ」

「所ジョン、バカじゃん。あんな必死でベル鳴らして」

「そうそう」

「確かに、ウチらがあそこでしゃべってってもカニって平気で出て来る」

「だから、安心してしゃべっていいんだよ。カニはなんにも聞いてないから」

「カニなら聞かれたっていいけどね。ヒトだったら最悪だけど」

「最悪なんだ」

「最悪でしょ。誰かが誰かの陰口ばっかでさ」

「学校で?」

「まあ、そう」

ちょっとずつパパイヤの歩みが遅くなって、わたしもそれに合わせる。

「わたし、パパイヤはけっこう学校で楽しいんだと思ってた」

「楽しい時もあるけど」

「部活もがんばってるし」

「がんばってるけど、なんかとりあえずやってるだけ。それはウチだけじゃなくて、みんなそう」

みんなというのが何を指すのか考えて、わたしは黙った。

「って言って、これも陰口じゃん？」とパパイヤは明るい声で言った。「やんなるよね」

ママの陰口が言えるだけでちょっと気が晴れかけていたわたしは、結んだ口にさらに力を入れた。パパイヤの足がとうとう止まって同じようにする。肩越しの視線は、わたしから堤防の下に落とされた。

「じゃあさ」

横顔をわたしに晒《さら》したままそう言ったのは、カニはなんにも聞いてないなら、ということだったのだろうか。

「ウチも言いづらいこと、言っていい？　学校じゃ絶対、思ってても黙ってること」

「いいよ」

少し間があった。ためらっているというよりも、きちんと言葉を探すような感じで。

「そんな風に聞いてもさ、あんたのこと、うらやましいって思ってる」道路の方に震えるようになびいている前髪の下で、さみしげな瞳はじっと動かない。「なんでだろうね」

公園に着いて駐輪場に自転車を駐めた。フェンスを備えた堤防は、斜めに積まれたたくさんの消波ブロックが守っている。そこをぐるりと見回ろうとしたところで、パパイヤが広場に建つ、銀の球体を頭にのせた展望塔を指さして言った。

「あれの上から捜したら？」

「ウイスキーボトルなんか見えないんじゃない？」

「そっか」

堤防と消波ブロックの隙間には多くのゴミが流れ着いていて、わたしたちを色めき立たせた。大きなペットボトルがあればどう見ても違うのに確認し合って、それらしきものが陰にあるのを認めれば、パパイヤがこっそりフェンスを越えて確かめた。そのたびに少し盛り上がって、それほどでもない落胆を繰り返して、じりじり進んで行く。

立ち入り禁止の突き当たりまで来ても、ボトルは見つからなかった。

「そんな簡単にはいかないか」

なんとなく引き返して、海が広く見渡せるところで柵に寄りかかった。長毛の茶トラ猫が乾きかけの消波ブロックを舐《な》めている。公園には猫が多かった。広場の方に戻ると、誰かがエサをあげて回った後らしく、ベンチの下に置かれたいくつもの小皿に、猫がそれぞれ顔を突っこんで食べている。遠くのベンチでも同じように、何匹かの猫が食事中だ。触りたいけど、食べているのを邪魔するのもかわいそうだから近くで眺める。

「見て、ここで寝てるみたい」

パパイヤが指さした植え込みの根元に、プラスチックケースで作ったハウスが並んでいた。

「地域猫ってやつじゃない」

「よかったねえ。ごはんもらって、寝るとこあって」

パパイヤは食事を終えてごろんと寝転んだ長毛の三毛猫のそばにしゃがみこんで撫で始めた。愛想はあんまりよくないけど、黙って撫でられている。

「でも、冬とか、ここは寒いだろうなー」と言いながら、顔の横の毛を持ち上げている。「お前はこんなに毛が長いから平気か」

「平気なことはないでしょ」

長毛が多いのは、もともと捨て猫だからだろう。わざわざこんな街から離れたところに捨てに来るなら、後ろめたさもあるはずだ。その時その人は、冬の夜に吹きつける冷たい海風のことを考えたりしなかったんだろうか。

「なんか」とパパイヤがわたしを見て言った。「お腹《なか》すいてきた」

「猫が食べるの見てたら？」

からかうように言ってしまったけど、もうお昼になろうという頃だから無理もなかった。

「そう」気にせずパパイヤは言った。「どうすんの、なんも考えてなかったけど」

「わたし、お弁当作ってきたんだ」

「うっそ」

海が見える北西の角にある石のベンチに並んで座った。褪《あ》せた水色の手すりが方向を変える西寄りの海では、アクアラインが水平線に蓋をする。一度高くうねった先に海ほたるが見え、その遠くに川崎《かわさき》の街が霞《かす》んでいた。

「重箱みたいのなかったから、一つずつね」

わたしは地面に下ろしたリュックサックから保冷バッグを出して、さらにそこから、小さな二段の弁当箱を二つ取り出した。それぞれがランチクロスでくるまれて、箸を出っ張らせている。

「え、すご」

「テキトーだよ。昨日の残り物も入れちゃったし」

「そっか。あんた、ごはんとか自分で作ってんだもんね」

「うん」

「よくお弁当作ろうなんて発想あるよね」

「パパイヤ、どうせなんも考えてないと思って」

「正解」とパパイヤは膝の上でランチクロスの結び目に指を入れた。「一応、お金は持ってきたけど」

わたしは屈みこんで水筒を出しながら「大事なお金でしょ」と言った。足元で動きを止めているフナムシを見つけ、そばで何度も足を踏んで追っ払う。

「まあね」

「わたしは親が振り込んでくるからさ、生活費みたいなの。猫といっしょ」

「うける」

「わたしは一匹だったけど」

「ねえ」パパイヤは待ちきれない様子で体を跳ねさせた。「開けていい？」

「もちろん」

「わあ」蓋を開けて無邪気な声。「すご」

「残り物と冷凍食品入れるだけだよ。物によっちゃレンジも使わないで詰めるだけだし」

「それにしたってさ」ついていた割り箸の袋を器用に片手で破って、先を口にくわえて引っ張り出す。「ウチはお昼、コンビニで買ってくだけだったし。こんなん、友達ので見てた憧れのお弁当だよ。じゃあ、みんなのアレも冷凍だったんだ？」

「わかんないけど」笑いながらパパイヤの箸の動きを見て「あ」と声を出す。「そのチャプチェと、あとは玉子焼きだけ、わたしが作ったやつ。チャプチェはごめん、春雨、ちょっと横着したから固まってるかも」

「横着？」もう口に運んで頬張っている。「うまいよ、めちゃくちゃ」

「ひき肉と野菜炒《いた》めたとこに、調味料と水と一緒にぶちこんじゃったから」

「ふーん」結んだ口を波打たせながらパパイヤは不思議そうだ。「それって横着なんだ」

「ほんとは別で茹《ゆ》でてから混ぜた方がいいんだよ。時間なんて腐るほどあるし、やればいいんだけどね。なんだろうね」

「あるある、そういうこと」自分の箸がパプリカをつまみ上げたのに気付いて、パパイヤは「お」と声を上げた。「きいれえピーマンじゃん」

「狙って入れたんじゃないよ、余ってただけ。そんなこと言ったら玉子焼きもきいれえし」

　夏休みの公園は人も多くて、わたしたちの後ろを、風に会話を飛ばすようにして、カップルや家族連れが何組も通り過ぎていく。わたしはそのたびに振り返ってしまって、自分のお弁当はあまり進まなかった。

「あんた、こんなに料理できるんだからさ」

　口にものを入れたままのパパイヤが急に言うから、また箸が止まる。いったん飲みこもうとして難儀するパパイヤに水筒を渡してやりながら弁当箱を見ると、もう玉子焼きしか残っていない。

「大丈夫？　何してんの？」

なんとか流し込んで一息ついたパパイヤは、だいぶ時間が空いた前の言葉を継いだ。

「一人で生きていけるよね、そりゃ」

「え？」

わたしがそう言ったからというわけでもなさそうにパパイヤは続けた。

「そりゃお金とかはお母さんに頼ってんのかもしれないけどさ、そういうことじゃなくて、あんたは誰も頼らないでも生きていけるじゃん。多分、うちの父親が一人で生きていけるようなやつならさ、お母さんもとっくに別れてると思うんだよね。もう、情っていうか、最後まで世話しなきゃいけないみたいな気持ちがあってさ。それこそ野良猫にエサあげるのと一緒。猫だったらいいけど、あのクズが人間のくせにそれに甘えてんのがもっと最悪なんだけど」一気にしゃべって、そこで口を押さえた。「クズって言っちゃった、癖で」

「クズって呼んでんの、普段？」

それについてはうなずきだけで返しながら、パパイヤは「でも」と続けた。「そんなんウチも似たようなもんでさ。お母さんに迷惑かけてないつもりでいるけど、一人じゃ生きていけないのは一緒だって、あんたの話聞いててちょっと思ったんだよね。子供だから仕方ないとか、学校の友達よりか自立してるって思ってたのも、なんか情けないっていうか。スマホ使えなくなったのも、前だったら耐えられなかったと思う。そりゃ最初はきつかったけど」そこで言葉を切って、眉尻《まゆじり》を下げてわたしを見た。「ていうか、ごめんね、あの日」

「別に」とわたしは言った。「友達はもう知ってるの？　スマホのこと」

「いや。変に思ってる感じの通知が時々見えるけど、しばらく会わないし、もう未読スルーしてる」

「やばいじゃん」

「最初から、親に没収されたーとか言っとけばよかったんだけど、でも、なんか割とどうでもいいんだ。わざわざＷｉ－Ｆｉつなげにいくのもめんどいからしばらく見てないし。すぐ何百とかたまるけど、見なかったら見なかったで、何してたんだろ今までって感じ」

「部活始まってもそのままだったら？」

パパイヤは最後に残していた玉子焼きを食べて「やっぱ甘いやつだった」と笑みを浮かべた。「サイコー、ごちそうさま」手を合わせて言うと、それを前に倒した。

わたしはその様子をじっと見ていた。

「部活始まったら……そうだね」パパイヤはフェンスの向こうの海を見る。「その頃には戻ってたらいいけど、ウチが戻れるかな」

「どういうこと？」

「その、いちいちしたくもないやりとりする生活に」

「したくないんだ」

「めんどくさいじゃん」とパパイヤはお弁当箱を包む。「ウチ、三年が引退したらキャプテンやらされそうでさ。ていうか絶対やるんだけど」

「すごいじゃん」

「それも地味にきつい」

海を見つめる眼光は鋭かった。面倒見がいいと思っていたけど、それはこれまでの環境がパパイヤに強いてきたものかもしれなかった。わたしはちょっと意外に思いながら、思ってもみないことを口にしていた。

「キャプテンのことはわかんないけどさ、仲間内に居場所があるなら、それにこしたことはないいんじゃない？」

「あんたが言うと、説得力あるね」

「でしょ」

「でもウチ、あんたといる方が楽しいし」

まっすぐな言葉に貫かれて、わたしは今さっきの自分の言葉が恥ずかしくなった。食べかけの弁当に蓋をして、ひそかに姿勢を正した。

「わたしも」と言って一度、唇を噛んだ。「わたしの楽しいは、他のと比べられないけど、もしいっぱい友達がいたとしても、多分そうだよ。そんな気する」

また唇を噛みかけた時、突然、パパイヤがわたしの肩に手を回した。ほとんど同時に、前からも腕を回して、横から抱きつくような形になった。わたしは息を止めて肩をすくめ、つま先立った。

そっと横目で見ると、パパイヤの視線は閉じられた弁当箱に向けられている。鼻の下、ちょっと皮の剝けている唇が、いたずらっぽくはきはき動いて囁いた。

「食べないの？」

「もういっぱい」なんだか、息がうまく吸えなかった。「お腹」

「じゃあさ」パパイヤはにっこり笑った。「ちょーだい」

わたしはその半分もない笑いを浮かべながら「どーぞ」と言った。

「やった」前の腕はするりと離れていったけれど、肩の後ろに回した腕はそのままだった。「そんでもう一つお願いあるんだけどさ」

「なに」

パパイヤは聞くやいなや体をぐっとひねり上げて上を見た。わたしもその視線を追いかける。そこには展望塔が立っている。

「あれ、上りたい」

一番上には家族連れがいて、小学生くらいの男の子が柵の間から海の向こうを指さしていた。わたしはそれを見上げたまま訊いた。

「もしかして、ずっとそう思ってた？」

「だって、フツーは上るでしょ。あったら」

「そうなんだ」

「ごめん、フッーとかわかんない人だった」

「上ろう」

私だけがひいひい言いながら、狭い螺旋《らせん》階段を上った。途中で下りて来る家族連れと、壁にくっつくようにしてすれ違ったから、上には誰もいなかった。高いところから見る海は広い。対岸の街が水平線の奥にかすんで見える。パパイヤは組んだ手を上に伸ばして風を浴びている。その後ろ姿を写真に撮りながら訊ねた。

「どう、念願の景色は」

「別に」と言って、ほんとにそういう顔で振り返る。「フッー」

「なにそれ?」

「上るのが好きなだけ」

＊　＊　＊

翌日の昼、木の墓場で作戦会議。

パパイヤのハーフパンツは中学の体育着らしくて、時々穿いてきていた高校のものよりもさらに丈が短い。倒木の上に腰かけると、日焼けしていない腿《もも》が剝き出しになった。そこへ蓋するように置いた昨日からの観光マップを隣で指さしながら、わたしは説明を始めた。

「東京湾の潮の流れって、冬と夏で違うのね。冬は時計回りなんだけど」言葉に合わせて地図の外側に想定した東京湾に円を描く。「夏は反時計回り、千葉の側からこう、ぐるっとね。だから、この辺」と袖ケ浦海浜公園のあたりを指した。「に流れて来たんじゃないかって思ったんだけど」

「なかったじゃん」

「もっと北の方に出ちゃったのかもしれないけど、そこまで捜してたらキリないから考えに入れない」

「ふーん」

「でも、この木更津あたりの海って、下げ潮の影響もあるから、タイミングによっちゃ北に行くか南に行くか、微妙みたいなんだよね。南の方はさ、この」とマップの一番下にある、嘴《くちばし》のように尖った岬を指した。「富津《ふっつ》岬のあたりで、東京湾の中と外の水が出入りするんだけど」

「よくわかんないけど、そっちの方に行ってたら、東京湾の外に出ちゃうってこと?」

「多分ね。でも、昨日調べてたら、夏はもう一つ別の流れがあるみたいでさ。富津岬のちょっと北に、こんな感じで」わたしは岬の突端に置いた指を小さく時計回りに回した。「流れてるとこがあるんだって。だから」そして、小櫃川河口干潟に指を戻し、南の岸沿いに指を動かしていく。「下げ潮の時に引き込まれていったとして、この岬のところで、クルッと」

「回ったら」パパイヤはその動きを先回りして一点に指を置いた。「湾の外に出ないで、富津岬の近くに流れ着く?」

「タイミングよく上げ潮に乗ったり、風で吹き寄せられたりしたらね」わたしは言って、指を重ねた。「まーちょっと都合よすぎるけど」

「でも、そうなってんでしょ?」

「潮の流れはね」

「じゃあ、捜しに行こうよ」

袖ケ浦よりも遠いから、わたしたちは次の日、橋の上で午前六時に待ち合わせすることにした。一時間前に満潮になったばかりだったから、波打ち際を見回ってから帰ることにした。河口から、ホテル三日月の方へ歩く。

「やっぱ、焼けすぎ」

後ろからふくらはぎを見つめているわたしを、パパイヤは足を止めずに振り返った。

「前に見た時より、倍も焼けてる」

「別にいいよ、気にしないし」

「ダメ、ダメ」

「そういや、あんたぜんぜん焼けてないね」

「白人の血が入ってるから。赤くなって戻るだけ」

「そうなの？」とパパイヤは振り向いた。「いいじゃん」

「でも、ガンになりやすいって。皮膚ガン」

「うまくいかないもんだね」また前を向いたところですぐに振り返る。「てゆうか赤くもなってなくない？　ズルしてる？」

「ズルって日焼け止め塗ってるだけだし。わたしが外にばっかいるのはママ知ってるからさ、ちょくちょく送ってくんの。今度、余分に持って来てあげるよ」

「いいよ、別に」

「ダメだって」

「世話焼きだよね、あんた」

ウイスキーボトルはどこにもなかった。木の墓場まで戻ってきた時、パパイヤがステップを踏んでいたので何かと思って訊ねると、無意識だったみたいで、少し恥ずかしそうに言った。

「体育でダンスあってさ、ずっと練習してんだよね、実は」

「体育でダンスって、何すんの?」

「だいたい中三でやったのと一緒」

「だから」とわたしは笑った。「やってないんだって」

「なんか、選んでやるんだよ」

「なんかってなに」

「創作ダンスとヒップホップダンスと、あと忘れたけどもう一つ。中一と中二で一通りやって、中三の時はその中から選択でさ、グループに分かれて発表した。そん時も楽しかったなー」

「そりゃよかったね」

「学校の話、いや？」意地悪な目を向けてくる。

「ぜんぜん」と冷ややかな視線を返す。

「ていうか、話通じないのってうける」

「うけてたんだ」

「あんたにっていうか、一から説明してる自分に？　学校だとみんな情報共有してて、それに気持ちのっける感じじゃん？　感じじゃんってわかんないか、それも」

「いや」わたしは薄い記憶を探って「わかるかも」と言った。「雰囲気は」

「それで、一番上にのっけたヤツの勝ち、気持ちを」

「うんうん」

「高校はさ、いきなり自分たちで創作ダンスだったから楽しくて」

急に話が戻って混乱したけれど、何も言わないで、本当にうれしそうな横顔を見ていた。

「ソロのとこ作るかって話してんだけど、いやがる子もいてさ」

「それって、課題曲みたいのがあるの？　自分たちで決める？」

「自分たちで」

「何にしたの？」

「東京事変。椎名林檎《しいなりんご》のこと、すっごい好きな子がいてさ。その子がソロいやがってんだけど」

「どの曲？」

「知ってるかな。『女の子は誰でも』って曲」

「うん」

「ウチ知らなかったんだけど、その子が洗脳してきてさー。『林檎姉さんは女の子たちの人生のサントラになって欲しいって気持ちで曲を作ってくれてるの』って。今のかなり似てた」とわたしに言ってもしょうがないことを言って「そんで」と続ける。「PVとか何度も見てたらウチも気に入っちゃって、班のみんなも盛り上がって、けっこうやる気出してまとまってんの。意外と楽しみなんだよね」

わたしはそこまで聞いたところで、パパイヤがこんな風に学校の話をするのは初めてだと気付いた。体育館の放送室からちゃんとスピーカーで曲を流すとか、もう一人背の高い子がいるからそれを活《い》かしたいとか、どんどん出てくる話題を一通り聞いても、前みたいに変な気持ちにはならなかった。だから思わず「いいなー」と口を挟んだ。

「わたしも発表、見たい」

「同級生しか見れませんー」

「同級生だったら、もっと手っ取り早く友達になれたのにね。他の誰とも仲良くなくていいから、ずっとパパイヤとだけつるんでさ」

「どうだろ」と言うパパイヤの顔がさっと曇った。「学校でのウチって、けっこうしょうもないヤツだから。あんたを見つけてあげられないし、っていうかむしろ、あんたの方が友達になりたくないかもよ」

自分の空想がもたらした大きな喜びとの落差に、わたしは何も言えなかった。それでパパイヤも、すぐに冗談めかしたのだと思う。

「どっちにしろ、同じダンスの班になるのはカンベン」

「なんでー」わざと高く声を上げる。「わたしも東京事変で踊りたい」

「踊れんの？」

「わたしが一番長く続けた習い事、バレエなんで。合わせて二年くらいだけど」

「運動神経ないのに」

「うるっさいなー」

文句を口に絡ませたところで、ここまで来れば大丈夫という気がした。後ろを振り返って、追っ手が来ていないのを確かめる感じ。そんな風に思っているのをパパイヤが急に真面目な顔で見つめるものだから、わたしはあせった。

「でも、基本は覚えてるよ」と話しながら目を逸らす。「それしかやらせてくれなかったから」

それでも何か考えるようにじっと見ている。しばらく黙ってみても状況が変わらないから、たまらず訊いた。

「なに？」

「教えてくんない？」とパパイヤはすぐに答えた。

「え？」と言った時に手を取られた。

「バレエ、教えて」迫る顔は輝いていた。「PVで踊ってんだけど、椎名林檎も小さい頃にバレエやってたんだって」

そのまま無理やり立たされて、わたしはパパイヤにレッスンをすることになった。サンダルとスニーカーをそれぞれ脱いで繰り出した砂の上が、わたしたちの教室だった。

結論から言うと、教えたそばから、教えられる方が上手かった。ただまっすぐ立つだけなのにどうしてあんなに怒られるかわからなかったパラレルが、パパイヤのすっとのびた立ち姿を見て腑《ふ》に落ちる。厳しかった先生たちは決して理不尽じゃなかった。怒ることなく微笑《ほほえ》んでいた先生たちだって、心のずっと奥ではわたしにこんな風に立って欲しかったのだろう。その願望とのはるかな距離が、あきらめにも似た静かな笑みの正体だった。

パパイヤのすばらしい股関節と脚は、わたしが二年かけてなんとか保てるようになった五つの基本ポジション全《すべ》てを難なくこなした。互い違いに両足の並ぶ五番ポジションでも、足の裏全体と指先が地をとらえているのが、足形の通りに均等に沈んだ砂でわかって、わたしは息を呑《の》んだ。

「天才？」

「二年しかやってない人に言われてもビミョー」

「また言った」と下から睨む。「シューズに画鋲《がびょう》だ、同じ教室にいたら」

笑い合いながら、わたしはバレエをやめた時のことを思い出していた。どれだけやめたいと言ってもやめさせてくれなかったのに、基本ポジションで立てるようになったらあっさりやめさせてくれた。ママの教育は最初から最後までそういうものだったのかもしれない。一人で立てるようになったらもうおしまい。

「よし、適当にやってみる」

パパイヤは何回か順番通りにポジションを確認して、そんなこと教えてもいないのに、自然にポジションを変えながら跳んだり回ったりした。

パパイヤがわたしのママの子供だったら、どうなっていたんだろう。バカみたいな空想をいつまでもやめられないぐらいに、わたしは見とれていた。本当に、すごいバレリーナになったかも。それで、ずっとママと一緒にいたかも。たった十五分でもう教えることがなくなったわたしは、なんとかこれだけは伝えた。

「ソロ、絶対やった方がいいよ」

「そうかな」

「別にみんながやらなくてもいいから、パパイヤだけでもやるべき」

明日は朝早いし、足が乾くのだけ待って、わたしたちは帰ることにした。小径に入って、板で仕切られたポンプ場跡を覗く。パパイヤはその裏、所ジョンの自転車の手前に自分のを駐めていた。

「所ジョンー」わたしは板をノックする。「わたしたち、帰るからね」

「じゃあねー」とパパイヤも声をかけた。

板の奥から返事と思《おぼ》しきうめき声が聞こえて、わたしたちは笑いながら小径に入った。乾ききった道にカニはほとんどいない。少し行ったところで、わたしは大事なことに気がついた。

「明日、自転車借りるって言ってない」

わたしは慌ててポンプ場跡の近くまで戻って、板をノックした。

「ねえ、わたし」と声をかける。「明日、自転車借りるからね」

「かまわねえよ」と声が聞こえる。

「朝六時から一日中だよ」

「かまわねえって。いるだけだから。飯は？」

「持って来るから。ね、わかった？　勝手に出かけないでよ」

板の奥から「はいよぉ」と間延びした声がした。

首をひねって背を向けると、そこにパパイヤが立っていた。面食らいながらも、わたしは早足で彼女の隣に戻った。

「ごめんごめん、お待たせ」

また並んで出口に向かって歩きながら、パパイヤはもちろん訊いてきた。

「飯って？」

「聞いてたんだ」つぶやいてから、時間稼ぎをする自分に苦笑いする。「自転車借りる交換条件」

「なに、所ジョンにもお弁当作ってあげてんの？」

「まさか」その時の笑いは、どちらかというと照れ笑いに近かった。「家にあるものとか、まとめ買いしたのをちょっとお裾分けするぐらい」

「やっぱ世話焼きだ」

「明日、わたしたちはお弁当だからね」

「けっこう期待してた。でも大丈夫？　大変じゃない？」

「ぜんぜん」わたしは下を向いて、いつの間にか蹴り出すようにして歩いている自分の足を見ていた。「長いこと一人だったからさ、一人でいる間にできるようになったことが役に立つのってなんかうれしいし、落ち着くんだ」

「うれしいし」パパイヤはゆっくり繰り返した。「落ち着くんだ」

わたしたちは金木橋の袂で、また明日、朝の六時にここでと別れた。

パパイヤが橋を渡ってきた時、わたしはそこにいなかった。約束の時刻になり、五分過ぎても現れない。パパイヤは、さっきから見下ろしていた小櫃川沿いの道を干潟に向かった。わたしが所ジョンに自転車を借りてくるなら、そこから来るに決まっているから。

入口のフェンスまで来たパパイヤは、そのままヨシ原の小径を自転車で飛ばした。早朝は一番鳥が多い。遠くにいるものは鳴き立て、近くのものは前へ横へ散っていく。わたしはポンプ場跡、所ジョンのねぐらのそばに、背中をもたせてしゃがみこんでいた。横にはリュックサックが立たせてあった。

「ちょっと」

慌てて自転車を駐めて駆け寄るパパイヤに気付いて、わたしは顔を上げた。焦点がうまく合わなくて、何度もまばたきをした。

「大丈夫、どうしたの？」

わたしは「いなくなっちゃった」とだけ言った。

「所ジョンが？」

仕切りにしていた板は地面に落ちて、半分砂をかぶっていた。中を覗くともぬけの殻で、裏の自転車もない。パパイヤもそれを、わたしがちょっと前にしたみたいに確かめた。

「どっか、出かけてんじゃない？」

「ちょっと出るだけなら、物は全部持ってかない」

「たまたまかも」

「午前中に来て、荷物も何もないいなんてことなかった」

「いないこともあるよ、そりゃ」

「ない」

「そんなのわかんないでしょ」

「わたし、毎日通ってたから知ってるよ」

パパイヤが言われたことを理解するのに戸惑っている間に、わたしは続けた。

「あと、所ジョンは約束破ったことないし」

「毎日来てたの？　ここに？」

わたしは答えず、ポンプ場跡の向かいにある池の方を見ていた。ちょっと前に、白いサギが降り立っていた。

「所ジョンに会ってから、ずっと？」

「所ジョンどころか、パパイヤに会う前から」

「ウソでしょ？」

「この町に越してきて、一人になってからほとんど毎日。来なかったの、台風の時だけ」

「なんで？」

「パパイヤだって、毎日学校行くじゃん」

わたしの声は無愛想で恨みがましかったかもしれない。パパイヤはなにも言わない。

「所ジョンがずっとここにいたのは、わたしが毎日ごはん持って来てたからでさ。ずっと引き留めてたの。あげてたのは、昨日言ったみたいにテキトーなもんとか、ママの送ってくるお取り寄せグルメとかだけど」

そこで誰かの話し声が聞こえて、わたしは黙った。ヨシの上に釣り竿《ざお》が二本頭を出して、それが揺れながらこちらへ近づき、胸までのウェーダーを着た親子が前を通り過ぎた。父親は前だけを向いていたけれど、小学生ぐらいの子供の方は首を曲げて、物珍しそうにいつまでもこちらを見てきた。それでいて表情には父親と釣りに来た楽しみだけが浮かんでいて、わたしは耐えきれずに目を逸らした。

それからしばらく身動きもせずにそこにいた。いつの間にか、わたしたちのすぐそばを何匹ものカニがのそのそ歩き回っていた。

「わたし、裏切られたと思ってるのかな」

「所ジョンに？」

「わたしが世話焼くの迷惑だったのかも。それか飽きちゃったのかも」

「そんなことないでしょ」

わたしは立ち上がってリュックサックを背負い、干潟の方へ歩き出す。パパイヤも自転車をポンプ場跡の裏に突っ込んで、少し離れてついて来る。さっきの親子は海に腰まで浸かって釣りを始めていた。わたしたちはそれを見ながら、木の墓場の方に歩いて行った。

「ここで釣りしてる人、珍しいね」パパイヤが後ろから、わざと明るい声で言った。

「川の方にはいつもいるけど。こんなとこで何か釣れんの？」

「シーバス」とつぶやくように答えを返す。

「シーバス？」

「スズキ」

「あんた、釣り好きなの？」

「なんで？」

「詳しいし」と言って、パパイヤはリュックサックの下に覗くわたしのフィッシングベストの裾を見た。「そんなの着てるし」

「詳しくない」

それだけ言って、わたしは黙々と歩いた。木の墓場まで来ると、初めて会った時のように、真横になった流木に別の木が倒れかかって半分に隔てられていた。昨日の満潮の時に、水が木を動かしたのだろう。わたしはそれとは別の倒木に腰かけた。パパイヤは少し迷いながら、半分に隔てられている流木の、わたしと離れた側を選んで座った。

「所ジョン」パパイヤは今来た方に目をやって言った。「帰って来ないかな」

「来ないよ」

お昼になって、わたしが弁当と水筒を出して渡すまで、会話はそれきりだった。気まずくてもお腹は減るみたいで、パパイヤが黙って食べ始めると、釣りの親子が遠くなった海から戻って来る。わたしはそれをぼんやり眺めていた。

「もう終わり？」とパパイヤが言った。「釣り」

「そろそろ潮止まりだから」

「なにそれ」

「潮の満ち引きが入れ替わる時に、流れが止まるの。シーバスって、満潮の時に浅瀬に上がってきた魚が下げ潮の時に戻って来るのを待ち構えるんだけど、今日みたいな大潮の日は特にいいのね。だから、あの親子も多分それ狙い。干潮が近くなったらもう終わり。あんまり深追いしてもしょうがないし」

「だから、あんなの着て海に入ってんだ」パパイヤは胸のあたりに両手で線をつくった。「魚屋さんみたいな」

「ウェーダー」とわたしは教えた。「下に長靴がくっついてる。あれ穿いて、さっきみたいに浅いとこで水に浸かって釣るのがウェーディング」

「あんな、プロテクターみたいなのもつけんの？」

パパイヤは、子供がしゃがみこんで足首から外している器具を見て言う。少しでも、わたしに口を利かせようとしているのがわかった。

「まあ、色々危ないから」わたしはそれだけ言った。「でも、こんな暑い日中だったら、もっと水温の低い川の上流に行った方が釣れると思うんだけど」

「なんでそうしないの」

親子が草の生えているところまで戻って来るまで、わたしは黙って見つめていた。子供は釣り竿や道具を横に置くと、いかにもくたびれたという風に足を投げ出して座った。

「あの子のウェーダーすっごく新しいし、海の中でもちょっとおっかなびっくりだったから、ウェーディングは初めてかも。竿は扱い慣れてそうだから、他の釣り方は知ってると思う。だから、明るい時に、ウェーディングの練習代わりに連れて来てもらったとかかな」

パパイヤは食べる手を止めて口だけ動かしながら、わたしを怪しむような目で見ている。こんな所でこんなことをえらそうにしゃべっていると、色んなことが思い出されてしまう。

「わたしも、ママにこのベストもらった時、全然シーズンじゃないのに無理やり連れてってもらった」

「お母さんに教えてもらったんだ」パパイヤは口にものを入れながら言った。「釣り」

「ここも、春とか秋のシーズンなら人がいるよ。川の対岸にもずらっと並んでて、海の中にもウェーディングの人が沢山いてさ」

「無視すんな」

「そういう時に、ここで一緒に釣りしたのがママとの最後。一昨年《おととし》の十一月」

虚をつかれたパパイヤは何か言おうとして思いつかなかったみたいで、手持ち無沙汰に食べ終えたお弁当をそっと片付けた。わたしは、リュックサックから自分のお弁当を出して立ち上がり、倒れかかった木を挟んでパパイヤの隣に座った。膝の上でランチクロスを解き始める。

「今、わたしの知らない人とベルギーで暮らしてる」

結び目に指を入れた手が震える。力を込めているせいなのか、別の理由なのかは、自分でもわからなかった。ふと気付くと、パパイヤもわたしの手元を見ていた。

「パパじゃないよ」とわたしは付け足した。「パパのことも知らないけど、パパではないって」

「うん」

お弁当の蓋に手をかけたけれど、開ける気になれなかった。またランチクロスで包んで、固く真結《まむす》びをした。

「食べないの？」

「いる？」と言って、二人を隔てる倒木の上に置く。「あげる」

「いや」とパパイヤは首を振った。「平気」

もう海は見えないほど遠い。小櫃川からの流れも港湾部の深みへ逃げて目に届かず、製鉄所の堤防の前にだけ細く長く海がゆらめいていた。燦々《さんさん》と降りそそぐ光が、一面の黒く濡れた泥砂を少しずつ眩しい灰色にばらし、潮だまりを一つ一つ消していく。わたしたちの目はそれを、木を一本挟んだ隣同士、長い時間かけて確かめていた。

パパイヤは二度、ポンプ場跡まで所ジョンがいないか見に行った。もちろん、そこには誰もいなかった。でも二度目、また潮が満ちてくる干潟の際をパパイヤは走って戻って来た。慌てた様子で、その手にある物をわたしに見せた。

「これ、あんたのじゃない？」

艶のあるピンク色をした小さな蓋を前にして、一瞬、わたしの息は止まった。

「どこにあった？」

「あのコンクリの中の、草の陰に落ちてた」

わたしはそれを受け取ると、蓋の中のにおいを嗅《か》いだ。薄まった刺激臭が鼻をくすぐる。動きを止めてしばし考えたけれど、体の力を抜くようにして海の方を見た。

「所ジョンにあげたの」

「そうなの？」

「ホームレスが襲われるみたいな事件、たまに聞くでしょ。だから気をつけてよって、何かあったらコレ使うんだよって」

「使ったのかな」

「わかんない」

「それで、逃げたんじゃない？」

「わかんないよ」

「あんたのことが迷惑とか、飽きちゃったとか、そんなはずないじゃん。所ジョンは、約束破ったことないんでしょ？　じゃあ、なんで信じないの」

低いところを見つけて細く流れこんでくる海を見つめながら、顔を歪ませて目を背ける。

「あんたのお母さんさ、どういう感じでベルギーに行っちゃったの」

「そんなの」わたしはちょっと笑うように息を洩らしながら言った。「今、関係ないじゃん」

「教えてよ」

パパイヤの目は真剣だった。そこから逸らした目を少し長いまばたきにくぐらせてから、わたしは始めた。

「ここに越してきて何ヶ月か経った時に、しばらく海外に行ったまま何週間か帰って来なくて。そんなのよくあるんだけど、帰って来たら、今度はベルギーに行こうって言われたの。一緒に住もうかなって人ができて、家も決めてあるって。いつもそう。全部もう決まってんの」

「それで――」

「断った、初めて」

「なんで？」

「わたし、ここでの生活、好きだったから。今まで色んなとこ行ったけど、初めてずっとここにいたいと思った。学校はぜんぜん行かなかったけど、そんなことじゃママも怒らないし、ほとんど毎日ここで釣りしたり、写真撮ったりしてたんだ。釣りは時々、ママと一緒に。ほんと楽しかった」

「あんたが釣りしてるの見たことないけど」

「竿もルアーも全部捨てた。ママがいなくなった日に」わたしは海を見据えたまま言った。「空港までのタクシーが迎えに来る前に、いつもみたいに釣り道具一式持って家出たの。いってらっしゃいってわたしの方が言ってさ。ママ、外まで出て来てたけど、振り返らないでそのますたすた歩いた。今思えば、どんな顔してたか見てやればよかったんだけど」と鼻で笑って続ける。「それで、いつも通りここに来て、みんな捨てた。海に。最悪だよね。すぐ後悔したし、暇になって。わたしその時に、一番に愛される期待なんてしないって決めたの。わたしはどうやったってママを一番にするしかないのに、実際そうだったのに、そっちだけずるいじゃん」

パパイヤは口を結んで、日が傾くにつれて押し出されるように厚みを増してくる灰色の海を見ていた。流れこむ小櫃川の濁った水が、そこだけ波が立たないせいもあって、濃く青い帯をつくっている。

「それまでの写真もみんな燃やした」吐き捨てるように言って、水が細く流れこんでくる砂の上を指さす。「ちょうどすぐそこで」

パパイヤは黙ってそこを見つめて、それから顔を上げて青い空を見た。まるであの時に上がっていった煙を知っているみたいに。

「一人で暮らして、毎日やることも決まって、頭使うこともなくなってきて、だんだん、これでいいやって思えるようになってきた。それなのに、また変になったのは二人のせい」

「ウチと所ジョン？」

「そう」

「なに」パパイヤは口を尖らせた。「出会わない方がよかったって？」

「そうじゃないけど」

「でもあんた、SNSやってたじゃん。しかも、学校行ってるフリして」

その通りで、返す言葉もなかった。

「それで、もともとあんたがここにウチを呼び出したんだよ。所ジョンと仲良くなったのも、あんたがガンガンしゃべるからだし」

「そっか」ほんとにそうだ。「そうだね」

わたしは、やっぱりさびしかったんだろうか。あんなにさびしいことがあってもまださびしくて、それを少しでも埋めようとしていたんだろうか――少しでも？　また長い時間が経った。水平線にじりじり近づく太陽が、わたしたちの視線を左右に散らす。小櫃川の河口の方にある杭《くい》の上にアオサギが一羽とまって、製鉄所の方へ顔を向けている。ついさっきまで中州《なかす》ができていたそのあたりはもう海にのみこまれていた。

予定もなしにしてこんな無駄な時間をパパイヤに使わせていることが、わたしには耐えられない。わたしは何百日もこうして無駄にしてきたから今さらだけど、パパイヤがそんな一日を過ごす必要なんてない。そもそも、わたしに会うことは、パパイヤにとっていいことなんだろうか。忙しい部活の合間にわざわざこんな所まで来てわけのわからないやつと遊んで、何になるんだろう。学校の友達に言えもしない、こんな時間は。

「ねえ」とわたしは言った。「大丈夫だから、帰っていいよ」

「帰らない」

「なんで」

「今日のあんた、死ぬほどバカだから」

そこまでわかってる人に、わたしがしてあげられることなんてあるんだろうか。わたしが人の助けになったことなんて、生きてきて一度もなかった気がする。いつでもママにおんぶにだっこで、ママの知り合いにママの子供だからとちやほやされて、でも何の才能も根気もないから、その人たちの本当の仲間にはなれなかった。そのくせ学校も水が合わなくて、気付けばひとりぼっちだった。それを自分で望んだつもりでいた。

「今日だけじゃないよ」とわたしは言った。「ずっとバカだから、ここに流れ着いたの。ずっとバカだから、ずっと一人だったの」

パパイヤのむっとした顔に負けないよう、わたしはすぐに続けた。

「お金とか時間とか、わたしにはぜんぜん必要ないのに、どうやって人のために使えばいのかわかんない。使っていいかもわかんない。正直さ、お金なんてパパイヤにあげれるもんならあげちゃいたいよ。わたしが稼いだお金でもないから何言ってんだって感じだけど、わたしが生活するだけじゃ余るくらいにあるんだし、それ渡したらスマホだって使えるじゃん」

パパイヤは途中から間の倒木に肘をついて逆に顔を向けて微動だにせず、抗議の意を示した。もちろん、わたしにだってそんなことはわかっていた。

「だけど、そんなことしたらママと一緒だし」

喉のつかえを押し出すように声を出しても、言葉は足元を埋め尽くす乾ききった砂粒の一つも動かさない。

「でもわたし、所ジョンにそういう風にしてたんだよ。パパイヤに引かれると思ってさっき言わなかったけど、食べ物じゃなくて、お金あげたこともある。だからいなくなっちゃったんだよ。みんな自業自得。バチが当たったの」

「ちがうって」

「ちがくない」

ずいぶん近くなったひっきりなしの波の一つが急に大きく寄せて、濁った泡の弾ける音を長く響かせた。

「頼むからさ」とパパイヤは言った。静かに、でもいやにはっきりと。「運命とか自分のせいとかみたいな、バカみたいな、何でもかんでもわかってるみたいなこと言って絶望しないでよ。あんたのこと、ウチがどんだけうらやましく思ってるかとか、わかってんの？」

「そんなのわかんない」そんなのありえない。

「ウチがあんたに教えてもらった一番はね、みんな自分のいないとこで勝手に生きてんだってこと。それでたまたま知り合って、たまたま仲良くなって、でもやっぱ、ずっと勝手に生きてんだよ。娘にお金渡して好きにさせるのも勝手なら、そのお金ホームレスにあげんのも勝手だし、家のお金で酒飲むのも勝手。学校行くのも行かないのも、そこでどう振る舞うのかも勝手」

太い倒木の上で膝を抱えた腕のすれすれに据えられたわたしの目には、かすむ空と海に船が一隻だけあった。

「みんな勝手、勝手すぎる」

パパイヤがどんな表情をしているのかはわからなかったけれど、その声は、怒っているようにも嘆いているようにも聞こえた。

「ウチはあんたとぜんぜんちがうし、あんたの今までのこととか知らないし、あんたが落ち込んでてもどう励ましたらいいかわかんない。バレエとピアノやってたヤツに、ウチはわかってるよなんて絶対言えないし。言えないけどそれでも、それでもっていうか、だからって感じかもしれないけど、一緒にいない時も、けっこう一人で考えてた、あんたのこと」

わたしは黙ったまま、腕に鼻を強く押しつけた。

「一緒にいる時のあんただけじゃなくて、一緒にいない時のあんたのことも。そりゃ、毎日ここに来てるなんて知らなかったけど、あんたが一人で自転車の練習してるとことか、沢山考えた。ボロいチャリ乗ってめちゃくちゃコケて、傷だらけになってさ」

「自転車なんか」まだ乾いていないはなをすする音は波にまぎれた。「みんな乗れる」

「初めて乗れた時、所ジョン、見てた?」

「練習なんか見ない。中で寝てるもん、いっつも」

海はもう、一番前の倒木を半分浸すほどに迫っていた。初めて会った日と同じ大潮は、前浜を海に浸して、外からの道を閉ざしてしまっているだろう。だからここには、わたしたちの他に誰もいない。カニには声が聞こえもしない。

「あと考えたのはさ、あんたが家でお弁当作ってるとこ」パパイヤは横に手をついて体を遠ざけるような格好で、顔は海に向けたまま言った。「前の日までに買い物すませてさ、一人の家で、ちょっと早く起きてさ。まあ、ウチは料理できないから、何するかなんて細かく思い浮かばないんだけど、まあなんやかんやして、たぶん時々は、ウチのことを考えてる。合ってる？　合ってなかったら恥ずいんだけど」

合ってるなんて口には出せなかった。でも時々じゃない、なんてことはなおさら。

わたしは、海の向こうを睨みつけるように目を見開いていた。

「ウチが約束なしにして帰った雨の日、覚えてる？」

それも返事はしなかったけど、覚えていないはずがない。

「あんた、あの日もお弁当作ってくれてたんじゃない？　リュックに入ってたでしょ」

その質問は、わたしの目を突くように重たく響いた。

「ねえ、どうなの？」

しつこく訊くから「作ったよ」と答える声は掠れた。

「それ、どうしたの。一人で食べた？　食べきれなかったでしょ、あんたじゃ」

「お昼と夜に」声は呻くように詰まって、組んだ腕に顔を隠す。「食べた。一人じゃ、食べきれ、なかっ」声にならない声が濡れながら切れる。「たけど」

「やっぱり」パパイヤは笑いもしないで言った。「所ジョンにあげりゃよかったのに」

わたしはすぐに、でもゆっくりと首を振った。

「ごめんね」

パパイヤは間に挟んだ倒木の上から手を伸ばし、細い腕に埋もれているわたしの頭に置いた。

「そっちも」負けてしまわないようにまず言って、不確かな呼吸の合間に「たい、へん」と言葉をやっと挟みこむ。「だったから」

「それがそーでもなかったんだよね」どこか投げやりに、だけど優しくわたしの頭を撫でながら、パパイヤはしみじみ言った。「ウチが自分の悩みだって思ってたことってさ、大半、学校とかそこにいる人たちの間に挟まってるだけだったんだよね。親のことだって、学校だから悩んでただけで、あんたには平気で言えちゃうし。なんかそんなことばっかで、バカらしくなっちゃった。どうせ悩むんならもっと、自分のために悩みたいじゃん。あんたといたらそうなってきてる感じして、だからウチ今、悩んでんの。けっこー楽しい」

本当に楽しそうに、私の頭の上で指が弾んだ。悩みってなに。ぼうっとする頭がどうにか考えているうちに、パパイヤの指はまた小さな円を描き始める。

「それで、初めて思ったからちょっと変なんだけど」そこで頭を撫でる手が止まった。

「なんか、なりたい自分だって気がするんだよね、あんたといる時だけ」

ちょっと痛くてじんわり熱いわたしの目が見たのは、睫毛からあふれて零《こぼ》れ落ち、頬を伝って顎の先から滑り落ち、サンダルのあいだ音もなく、砂の色を点々と変えるわたしの涙。それと一緒に耳が聞いた。

「ありがと」

わたしはぐしゃぐしゃになった顔を晒して、パパイヤにすがりつくように腕を伸ばした。パパイヤは顔を寄せてそれを抱きしめて、後ろに回した手でまた何度も頭を撫でた。わたしは子供のように大きな声を上げて泣いた。わたしたちは長い間、砂に落ちた涙をさらっていく波から逃れた流木の上、折り重なるようにして抱き合っていた。

気付けば、南の上空は雲一つない青空なのに、西の地平線に沈みかける太陽と薄雲は赤く染まって、遠浅の海の上、まばゆいほどに揺れる茜色《あかねいろ》の輝きをまっすぐわたしたちに投げかけていた。「夕焼け小焼け」の放送が街の方から流れ、引き潮は二人だけの場所をゆっくり広げていく。それに誘われるように、わたしたちは改めて、黄色い空の絵を捜しに行く約束をした。

はりきったわたしたちは朝六時にフェンスの前に集まった。昨日の帰り道に「これで明日、所ジョンが戻って来てたらうけるね」なんて話していたことは現実にならず、ポンプ場跡はもぬけの殻のままだった。

「あのスプレー、使ったのかな」とパパイヤが言った。

「夏休みだし、悪いヤツは来るかもだけど」

「ま、所ジョンなら大丈夫でしょ。ずっとあれで生きてきたんだから」そう言い終えたあと、パパイヤは急に下を向いた。

「どうしたの？」

「所ジョンって、なに？」上げた顔は愉快そうに笑っていた。「時々思い出すんだよね。所ジョンって名乗った時のこと。なんであんなことになんの?」

「わたしも思い出す」わたしが浮かべた笑いは、それより少し大人しかった。「でもさ、所ジョンは、わたしたちがパパイヤとママイヤだって言った時、笑わなかったんだよね。それで、すぐに名乗ったでしょ」

「確かに」とパパイヤは我に返ったように言う。「パパイヤ・ママイヤもかなりのもんか」

「パパイヤ・ママイヤ」

「やばい」

「だからさ、ちょっとだけ、あの時、笑うんじゃなかったなって思ってる。所ジョンがどんな気持ちだったかわかんないけど」

「どう思ってたんだろうね、ウチらのこと。っていうかあんたのこと」

「話しかけてもぜんぜん無視の日もあったし、何考えてるかわかんなかったよ。でも、黄色いものはずっと集めてた」

「きいれえもん、ね」

「わたしも何個か拾って渡した。これはいらねぇって断られたのもあるけど」

「あの絵だったら入れてくれるかな」

「それは絶対、大丈夫」

「あの箱の、底に敷いたらいい感じかも」

おしゃべりはそれくらいにして出発しないといけない。行き先は富津公園だ。富津岬の一帯にあって、ウイスキーボトルが流れ着く可能性もある。木更津駅から出ているバスなら海に近い道路を通るし、所ジョンを見かけるかもしれない。とりあえず木更津駅まで行かないといけないから、パパイヤの自転車に二人乗りして行こうと決めていた。

「朝早いし、お巡りさんもいないでしょ」

「見つかったらどうなる?」

「わかんない。だいたい注意で終わるらしいけど、学校に連絡されたりして」

「わたしはママに連絡かな。どうすんだろ」

そんなこと言って、いざ二人乗りをしてみたら、横向きになろうが跨がろうが、わたしは怖くてギャーギャー叫んだ。何度やっても止めて止めてと声が出る。ショートパンツを穿いて剝き出しのパパイヤの脚に、暴れるわたしの靴先がガンガン入った。

「なんで自転車乗れて、二人乗りできないのよ」

「怖すぎる」荷台に跨がったままわたしは言った。

「もっとちゃんとウチにつかまってよ。お腹に手回して」

「いいの？」

「そりゃいいでしょ」

「じゃあ」と手を回し、背中に頬をぴったりつける。

「あっつ」パパイヤは体を一度よじらせたけれど、すぐにペダルに足を置いて前傾姿勢になった。「行くよ」

　そこまでやってもギャーギャー叫んでガンガン蹴ったから、わたしが自転車に乗って、パパイヤは走ることにした。わたしのリュックサックに持ち物をみんな放りこんで憮然《ぶぜん》とした顔でサドルを下ろしているパパイヤに言った。

「けっこう遠いよ、暑いし。正気？」

「部活で慣れてるから」パパイヤはサドルを締めると、離れてアキレス腱《けん》を伸ばし始めた。「そのあとバスで休めるでしょ」

「カッコイー」わたしは芯の通ったパパイヤの踵《かかと》を見ながら言った。「でも、へばって倒れそうだったら言って。交代するから」

「期待してないけど、あんたこそウチの自転車で倒れないでよ」

交代することも自転車が倒れることもなく、一時間もかからず木更津駅に着いた。

パパイヤは駅からすぐの学校に自転車を置きに行った。門が開いてなかったら無駄足だからと言われて、わたしは西口のバス乗り場で時間を調べ、ベンチで待っていた。

駅につながる階段を降りて来たパパイヤは、すぐにわたしを見つけて歩いて来た。

「自転車、置けた？」

「うん」短い襟足にタオルハンカチを当てながらパパイヤはうなずく。「バスケ部が練習してて、門開いてたから」

「大変だね、部活って」立ったままのパパイヤを見つめながら言う。「あ、バスは七時四十五分。あと二十分」

「朝っぱらから一時間走る方が大変」パパイヤは駅舎の時計を見ながら顔をしかめた。

「部活でもないのにさー」

「おつかれだし、バス代おごるからね」

「最初からそのつもりだし」意地悪そうに言って、ベンチを過ぎるように歩き出す。

「ついでにアイスもおごって」

わたしはちょっと遅れて振り返って、そのままコンビニへ歩いて行く後ろ姿に「いーよ!」と叫んだ。声がロータリーに響き渡って、恥ずかしそうに振り返るパパイヤのもとに、大急ぎで駆けた。

並んでアイスを食べ終えた頃、バスが乗り場でドアを開けた。わたしたちが一番後ろの席に並んで座ったあと、席は半分以上まで埋まって発車した。揺れる車内で、わたしは写真を撮った。

「ちょっと」右の窓際からパパイヤが言った。「あんたも外見といてよ」

「ああ」わたしは反対の窓、流れる景色に目をやって「所ジョンね」とつぶやいた。

「でも、見つけたところでどうしたらいいんだろ。別に、どっか行くのは所ジョンの勝手じゃん」

「約束破んなって言えば。自転車の」

「なるほど」そう口にしながら、わたしの目はどこか虚《うつ》ろに外を見つめていた。信号で止まり、また動き出したところで「でも、まあ」と前置きした。「元気だったら、それでいいかな」

バスはほとんど停車することなく進んだ。ゆるんではかかるエンジン音と震動の中で、次のバス停のアナウンスが静かに流れるばかりだったけど、「東門入口」や「中央門入口」では何人も降りた。不思議そうに見ているパパイヤに、わたしは言った。「いつも干潟から見てる製鉄所で働いてる人たちだね」

「大人には夏休みないもんね」とパパイヤはつまらなそうに言った。「うちのお母さんなんかお盆休みもないけど」

窓の外、大きな通りの向こうにはドームや煙突が霞んで見える。バスには、わたしたちのほかに、乗客は一人しかいなくなった。

パパイヤの脚が、狭いスペースに大きく広げられているのを見て、わたしははっとしてリュックサックを開けた。

「ちょっとうっかりしてて」と言って中をまさぐる。「すっごい今さらなんだけど」

「なに？」

「ジャンッ」と言って白いチューブを取り出した。「日焼け止め。前に言ってたでしょ」

「今さら？」と渋い顔。「一時間、外走った後で？」

「それは言いっこなし。この先の時間帯は本当に危ないぞってことで」

「あんたは塗ってあんの？」

「うん、家で」

「なにそれ」

そう言いながら、パパイヤはわたしの方に、ショートパンツから伸びる左脚を投げ出した。それでわたしを見ているから、わたしも見つめ返す。パパイヤの脚は、バスの動きに合わせて右に左に不安定に揺らいでいる。

「なに」わたしはこらえきれずに言った。「わたしに塗れって？」

「よくわかんないし」

「そんなわけないでしょ」と言いながらもシートを叩く。「そこじゃ狭いから、真ん中に来てよ」

体を擦って移動して来たパパイヤは、股を広げるような格好で通路に左脚だけを下ろした。わたしは手のひらに日焼け止め乳液を出すと、それをパパイヤの左膝の上あたりに落としながら手のひらに広げた。

「うわー」そのまま下へのばしていくのを見下ろしながら、「高いんだ、それ」と訊いてくる。

「まあ、わりと」

「あんたのわりとってよくわかんない」パパイヤは外にやりかけた目を戻して「見して」と手を出した。

わたしはパパイヤの足首の方に屈みこみながら、逆の手でチューブを渡した。

「ええと」パパイヤはチューブを見つめ、ちょっと考えてから英語表記を読んだ。

「ラブ・セリエス。あ、シリーズ？　ラブって何？　ラブじゃない？　L・A・B」

「なにを一人で騒いでんの」と下から笑い混じりに言う。

「ねえ、L・A・Bってなに」

「研究所とか実験室とか。ほら、何とかラボって言うじゃん、日本語だと」

「じゃあ、ラボ・シリーズ？」

「まあ」と言って乳液のなくなった手を差し出す。「ラブでもラボでもいいけど」

パパイヤはその上でチューブをしぼりながら「これくらい？」と訊いた。

「もっと出していいよ」

「でも、高いんでしょ」

「家に山ほどあるから」

「こればっかし？」

「日焼け止めはね。一回、わたしが使ってんの見たらママが喜んじゃって」

「フォー・メンって書いてあんだけど」

「そんなの別に」とあしらう。「際どいとこは自分でのばしてよ」

「はいはい」めんどくさそうに裾のあたりまでのばした。

「右脚ちょうだい」

「はいはい」また言って、脚を組むようにしてこちらに差しかける。「よろしく」

「そんなんじゃちゃんと塗れない」

「じゃあ、入れ替わってよ」

わたしは呆れながらも前の列のところまで下りて、パパイヤの移動を待って右側に入った。腰を下ろしたところには、パパイヤが座っていた温《ぬく》もりが残っていた。右脚も同じように塗っていく間、パパイヤは何か考えているように黙っていたけど、急に口を開いた。

「待ってあんた、もしかして英語もペラペラ？　だって、カリフォルニアにもいたんでしょ」

「まあ」

「ズルくない？　やっぱなんだかんだでさー、あんたのこと好きなんだろうね、お母さん」

「話、めちゃくちゃなんだけど」わたしは脚を塗り終えて体を起こし、チューブを取り返した。「次、腕」

パパイヤは黙って腕を前に伸ばした。二の腕の半分から下が綺麗《きれい》に日焼けして、上腕のいくつかの筋肉が、肘と肩の関節の間にしなやかで目立たぬ丘をいくつもつくっている。わたしはなんだかそうしたくなって、その長い腕から手首まで白い乳液を一直線に出した。それを見たパパイヤは、子供みたいに笑ってわたしを見た。

「フランクフルトにケチャップかけるみたい」

「ケチャップって色じゃなくない？」とわたしは言った。「のばして」

「シーザードレッシング？」

「フランクフルトにかけないじゃん」

どうにか別の答えを探す顔は、どこであきらめたのか無心なものに変わった。指示通りによく動くパパイヤの乳液まみれの手を見ながら、わたしは訊いた。

「そういえばさ、バレーボールって腕に跡ついたりしないの？　バンバン当たるじゃん」

「最初は内出血とかしてグロかったけど、そのうちしなくなった。慣れちゃうんじゃない？」

「ふーん」と言いながら、チューブを逆さにして待つ。「それで思い出したけど、一個、謝んなきゃいけないことがあった」

パパイヤはその下に逆の腕を差し出して「別にいいよ、そんなの」と言った。

「いや、多分そういうことじゃなくて」言いながら、今度は少し波を描くように出してやった。「昨日、釣りの話したでしょ。シーバスの話」

「うん」と自分でのばし始める。

「その時、あんなプロテクターみたいなのつけるんだーとか言ってたでしょ。釣りの子が足につけてたやつ見て」

「ああ」思い出そうと宙を見上げながら手は動いている。「あれ」

「あれさ、エイガードって言うの。魚のエイね」

「ガードって、守るってこと？」

「うん。干潟から水が引いた後さ、丸い浅い穴が残ってるのわかる？」

「ああ、めちゃくちゃいっぱいあるじゃん」

「あれって大体さ、そこが水に浸かってた時にエイが潜ってた跡なのよ。エイホールって言うんだけど」

「へえ」

「浅瀬でウェーディングしてるとさ、エイホールに気付かないで、うっかり踏んづけちゃう危険があるわけ。そこにエイがまだいたらもう一大事でさ」

「なんで？」

「エイのしっぽって、ノコギリみたいな長い毒針になってんの。ウェーダーなんか余裕で切り裂かれちゃうから、足ズタズタになって、ひどいとアキレス腱切れちゃったり、毒だから二回目だとアナフィラキシーショックで死んじゃったり」

「こわー」

「だから、ほんと危ないから、ウェーディングする人はまあ、エイガードをつけましょうねって感じになってんのね」

「なるほどね」

うなずいているパパイヤをわたしは見つめた。

「それがどうしたの」パパイヤは訝《いぶか》しげに見つめ返した。「なに、謝るって?」

「パパイヤさ、絵の入ったボトルを投げた時、裸足で海に入ってったでしょ。あの時も同じ、潮が引いていく時で、普通にエイがいてもおかしくなくて、すっごい危ないなーって、わたし、はらはらしながら見てたよね」

「言ってよ!」パパイヤは目を剝いて言った。「バカじゃないの?」

「あんな遠いのに、教えられないじゃん」

「アキレス腱断裂とかシャレになんないし。ダンスの発表あんのに」と言ってから「大会もあるし」と付け足した。

「大会?」

「内房《うちぼう》大会。二日あんだけど、一日目勝ち抜いたら、二日目の会場、君津《きみつ》の体育館だから見に来てよ。そっちなら誰でも入りやすいし、木更津からバス出てるし」

「へえ」

「あんた来るなら、ちょっとやる気出るかも」

「考えとく」と言って、また日焼け止めのチューブを下向きに掲げた。「最後、顔と首ね」

富津公園に着き、二人分の支払いをしてバスを降りる。来た道を振り返りながら、わたしは言った。

「結局しゃべってて、ぜんぜん外見てなかったね」

「どうせバスが通るような道にいないでしょ」

わたしたちは富津岬を目指して、広大な駐車場を突っ切って歩く。まだ朝早いのに十台以上の車が散らばっている。ある車のボンネットには三つの浮き輪が積み上げられていた。別の車の運転席では父親らしき人物が寝ている。その周りを、プールタオルをまとった子供が死んだセミを蹴りながらぐるぐる回っていて、わたしたちは笑いながら通り過ぎた。

「おっきいプールがあるから、みんな開くの待ってんだね」折り目が白くなり始めた観光マップを見ながらわたしは言った。「九時からだから、あと三十分ぐらい?」

「そんなの、待つほどのもん？」

「場所取りとかするじゃん」

「そうなんだ」

「友達とかと行かないの？」

「プールは行かない」

「へえ」とわたしは意外だった。「じゃあ、まちがえてた」

前を歩いていたパパイヤが「は？」と振り返る。「何が？」

「パパイヤといない時、一人でそういう想像してたから」立ち止まって笑いかけた。

「こうやってどんどん知っていったらさ、会ってなくても、お互いが何してるか、みんなわかるようになるかも」

パパイヤも振り返ったまま足を止めた。眉根が上へ動きかけ、ふ抜けた笑いを浮かべていた口元が別の意味を持ちかけた時、その口から、咳をするようにはっと息が吐かれた。

「あんたってそういう青春みたいの好きだよね」

「いいじゃんか」と挑みかかるように言う。「やったことなかったし」

「ウチもやったことないけど」パパイヤは前を向いて歩き出した。「そしたら、青春なんてどこにもないじゃんね」

「下には下がいるってだけじゃない？　上ではやってるかも」

「それで上も下も自分だけ特別に思って、それが青春？」

「なるほど？」口ではそんな風に言ったけど、ほんとはちょっと感心しかけた。「よくわかんないけど」

「だから、ほんとに特別なのは、あんたみたいなヤツじゃん」

「じゃあわたし、青春？」

「ぜんぜん。特別じゃないのに特別だって思うのが青春だったら、あんたにはむしろ一生ムリ」

「ひどい」と言いながら、わたしは感心した。

　プールの敷地内に建つ大きなウォータースライダーを横目に岬を目指す。木々が生い茂る真ん中に道路が一本通り、鳥の嘴のように鋭く長い岬の端までつながっているけど、海岸に出るため、わたしたちは途中で木々の間の草道に折れた。

漉《こ》された光で満たされている道は涼しい。その先に強くて白い光。前を行くパパイヤの足取りが、ちょっと急いでいる風になってわたしは静かに笑っていた。少し遅れたから、木立を抜けて立ち止まったパパイヤの体がまばゆく霞むところが見えた。横に並ぶと、少し傾斜のある草っ原の向こうに青い海が広がる。気分よくそれを眺めていたわたしに、パパイヤは言った。

「写真撮らないの」

「ああ」とぶら下げたカメラを慌てて手に取る。「撮ろっかな」

「なに、撮りたくないの？」

「ちょっとね」

「さっき、バスん中で撮ってたじゃん」

「あれは試しに。あんまり気が乗らなかったけど」

「なんで？」

説明の言葉を探すと、すぐに冷たいものに当たる。隣で隙あらばアキレス腱を伸ばそうとする相手にもう遠慮する必要なんてないから、「写真燃やした話をさ」と迷わず手に取った。「したでしょ、昨日」

「うん」

「ママが行っちゃってすぐの時。写真の中でママもわたしも笑ってるわけ。それを、写真と同じ場所で見たらちょっとは気がまぎれるかなとか思って持ってったの。そしたら、何枚も見ないうちにしんどくなっちゃってさ」

「燃やしたの？　その場で？」

「うん」

「どうやって？」

「ライターで」

「なんでそんなもん持ってんの」とパパイヤは疑わしそうに言った。「初めから燃やすつもりだったんじゃなくて？」

本当はそうだったかもしれない。でも、それはわたしにもわからない。

「釣り糸結ぶ時にライター使う場合があんの。だから、いっつもベストに入ってた。ライターまでは捨てなかったからさ」

「なーんだ」推理が外れてちょっと残念そうな顔。でも質問は続く。「じゃあさ、なんでまた撮るようになったの。写真燃やした後」

「写真って」言葉を選ぶ間に何度かまばたきをする。「なんか、どうせ変わっちゃうことをわかって思い出を巻き上げてるみたいでさ」

「巻き上げる？」

「なんか、思い出を確保しておくみたいな？　それがその時、すごくいやになって。でもそのうちまた撮りたくなって、気持ちに逆らえなくて、またごちゃごちゃ考えて、結局、じゃあ撮っても現像しなきゃいいんだって思ったの」

「それで」

「そう。そしたら、思い出のためじゃなくて、撮りたい気持ちだけってことになる……とか考えて。それができてるうちは、ちょっと強くなれてるかなって。よくわかんないけど」

「ふーん」パパイヤはひどくゆっくり言うと、わたしの方を見た。「強くなれた？」

「どうだろ。あの時のこと久々に思い出したらまた撮る気なくなっちゃったから、元に戻っちゃったのかな」

　そうじゃないことぐらいわかっていた。わたしはこの日々が大事な思い出になるともう知っている。それは日増しに眩しくなって直視できないぐらいで、何もかも忘れられなくなっている。こんな夏じゃなかったら、写真はもっとたくさん撮れたし、現像したくもならなかった。

「ウチもそんなんばっかだわ。ちょっとは変われたかなって思ったら、またなんかミスって自分にがっかりして、もうなんか、自分が信じらんないっていうか」

「自分か」吐いた息が溜息《ためいき》みたいで少し慌てた。「わかんないね」

「担任が、自分探しなんてやめろって言ってた。そんなもんないんだからって、えらそうにさ」

「ないのかな、自分って」

「探すとかじゃなくてさ、忘れちゃダメなんだと思うよ。自分が自分だってこと」

「なにそれ」とそこまでは茶化す余裕があった。「かっこいい」

「だから」とパパイヤは続けた。「昨日の涙は信じられるんじゃない？」

何がだからなのか、信じられるってどういうことか、そんなことぜんぜんわからなかったし、昨日のこと言うなと思ったけど、わたしは感動した。そして、そういう時は決してこっちを見ない、海に向かって凛《りん》と尖るようなその横顔の写真が欲しいと思った。思っただけで、手は動かなかった。

「パパイヤは？」と今度はわたしが訊いた。

「ウチ？　ウチがなに？」

「なんか変わった？」

「なに、変わっててほしいの？」

「うん」と素直にうなずく。「うれしいじゃん。わたしと会って変わったんなら」

「ふーん」

わたしがいつまでも目を離さないから、パパイヤは覚悟を決めたように考え始めた。その口が開くまで、そう時間はかからなかった。

「優しくなれたかな」

一度だけまたたく間に、色んなことを思い出せるような気がした。

「少しね」

そう付け足して逃げるように長い砂浜へと下りて行くパパイヤを追いかける。波打ち際まで来ると岬が端まで見通せた。階段を寄せ集めたような妙な形の展望塔が小さく見えてパパイヤのテンションが上がる。遠くの空には、薄ぼんやりと空に浮かぶような富士山もあった。

海の水は澄んでいるけど漂着ゴミは多くて、大小のボトルがいくつも転がっている。

「なんてやつだっけ、捜してんのは」

「サントリー白角2・7リットル」

「あのさー」わたしはフィッシングベストの内側に手を入れて、暑気を抜くように動かしながらパパイヤに目を流した。「アル中ってどうなの、実際」

「実際?」

「ひっきりなしにお酒飲んでる感じ?」

「まあ、ほんとのとこアル中なのかはわかんない。仕事はしてたし依存症って診断されたわけじゃないし。けど、酒のせいで外でも家でも色んなことがめちゃくちゃになってるのは間違いないから、アル中って呼んでる。何回、飲み屋に迎えに行ったかわかんないし。お母さんは何百回だろうな。何百はないか」

「へー」

「あと、酒乱は入ってんじゃない。暴力とかはギリないけど、物には当たってるから」

「飲まない時はフツーなの?」

「飲まなきゃフツーとか、酒飲まなきゃいい人なんてのはウソ。じゃあそのいい人が、なんで悪い人になるのに酒飲むのって話だし酒とか関係なくあんま家にいないし。いても困るけど」

声はなんだか楽しそうで、わたしも遠慮が抜けていった。

「学校の友達は知ってるの、お父さんのこと」

「酒飲みなんだよねーくらい。学校だと色々あんだよ。家とか親とか部活とか勉強とか全部セットっていうか。それはそれとして、とかできないの。言うんだけどね、みんな。それはそれとしてみたいなことは」

「しんどい？」

「別に。ウチも学校だとそうだし」

「ふーん」

「でも、父親のことはほんともうどうでもいい。先にどうでもよくなったのは向こうだし。まあ、それはウチのせいかもしんないけど」

「どういうこと？」

「小学校低学年くらいまでは、優しいお父さん」と言って、パパイヤはつまらなそうな顔で首を傾けた。「っていう、記憶あんだよね」

「そうなの」

「そのあと、ちょっとだけ学校の勉強ムズくなってさ。テストで七十点とかとるようになるんだけど、父親的には、小学校のテストなんか百点とって当たり前らしくて。四年生ぐらいの時かな、一時期、夜、毎日一緒に勉強させられてた」

「厳しかった？」

「ううん。勉強がイヤで泣いてたけど、怒られて泣いたとかは記憶ない。でも、急にやめちゃった」

「なんで？」

「さあ」パパイヤは首をかしげた。「その後かな、酒が増え始めたの」

「そっか」

「娘の出来にショック受けてもいいけどさー、もっと本気になってくれてもよくない？　一緒に勉強したのだって一ヶ月ぐらいだよ。それでさっさとあきらめちゃって、あろうことか酒に逃げて目ェ逸らしてさ。それからはもうウチのことなんかぜんぜん。そんなヤツに振り回されんのもバカらしいじゃん？」

声は明るくて、わたしはけっこう暢気《のんき》に聞いていた。

「お金のことだけどうにかしてくれたら、ウチとお母さんで勝手に生きてくから、今は邪魔だけしないでほしいって感じ」

「えらいね、なんか」

「あんたの方がえらいよ。ウチなんか、勝手に生きてくって言ったところで実際できんのかって感じだし。でも、あんたやってるじゃん。ウチも料理でも始めようかな」

「あ、いいじゃん」

「これ、何回思ったか。そのたびにあきらめてさ」

父親と一緒だとか言い出しそうだったから、一応その前に口を挟んだ。

「自分が信じらんないって？」

「それなー」

話しながら、パパイヤがどうしてか砂浜にしゃんと立っている電気ポットに向かっているのがわかった。案の定そこで立ち止まるから、わたしも止まって声をかける。

「それ、水入ってる？」

「入ってるはずなくない？」

「でも、なんか新しいよ」

「新しかったら水入ってんの?」

そう言いながらパパイヤはしゃがみこんで、少し砂にうずまった側面を見た。外からでは何も確認できないタイプと知ると、蓋に手をかけた。ロックのためのレバーを斜めにして、そのまま開ける。

「あっつ!」

手首が湯気に包まれてパパイヤは叫んだ。落ちた蓋がガチャンと大きな音を立てて閉まった。

呆気にとられるわたしを、右腕を胸の前にしまいこんだパパイヤが息を止めて、大きな目で見上げる。

「なんで?」

そんなのわからないから、わたしたちは笑った。

しばらくそれで騒いで歩いているうちに、岬にある展望塔はもうだいぶ大きく、少し見上げるぐらいになっている。大股で歩きながら、わたしは急に、後ろを歩くパパイヤに訊いた。

「お母さんの助けになりたくて、料理しようって思ったの?」

「あんたってさぁ」

ふいに強く吹いた風のせいで、それだけ言ってこっそり近づいてきたパパイヤに気付かなかった。後ろから体を寄せたパパイヤに脇腹をつかまれて、ぎゃ、と叫んで体が跳ねる。

「ちゃんと捜してんの？」と声を張り上げてくすぐってくる。

「捜してる、捜してる」

落ち着き払った声を出した途端、パパイヤの指先からふっと力が抜けた。

耳元で「効かないのかよ」とつまらなそうな声。

「まだまだお互い知らないことばっかだねぇ、わたしたち」

そう言ってパパイヤの肩に頭を預けた。少し汗の匂いがする。空を見上げる目を閉じ、聞こえてくる波の音に耳を澄ませる。

「青春やめなって」パパイヤはわたしを突き飛ばすようにして離した。「はしゃいじゃってさー」

またずっと笑いながら着いた岬の駐車場には車が数えるほどしかない。売店らしき建物もあって、幟《のぼり》を立てているところだ。

「わ、見て」わたしはその一本を指さした。「かき氷だって、見て」

「見てる」と低い声。「最高」

「帰りに食べようよ。おごるから」

「もういちいち言わないで、さりげなくおごってくんない？」

「青春していいってこと？」

「しつこいんですけど」さすがにうるさそうに言う。「それは青春とちがうし」

「じゃあ、なに？」

「もっと、なんていうかなー」パパイヤはもどかしそうに伸ばした語尾につなげるようにして「大人になる」とゆっくり言った。「とか、そういうやつ」

わたしは頭の後ろで手を組んで「大人かー」と言った。それから、顔の前で肘同士をくっつけると、腕の間から空を見上げる。

「あんたって」とパパイヤがぽつりと言った。「なりたいものとかある？」

「パパイヤは？」

「一番がんばってんのは部活だけど」

「うん」

「みんながみんなそこまで本気ってわけでもないからさ。県大止まりじゃ将来もクソもないのはわかってるし。お母さんは大学行かせたいみたいなこと言ってたけど、家の空気がもうそんな感じじゃないし、正直、勉強できないし」

「ふーん」解いた腕を今度は前に組んで伸ばしながら、顔色をうかがう。

「こんなことなら家政科にでも行っときゃよかったなーって。家政科って、うちの高校にあんだけど、授業で家庭科全般やんのね。料理とかお裁縫とか。三年になったら自分の好きなの選択して授業で服作ったり、文化祭でファッションショーしたり」

「へえ、おもしろそー」

「あんた、向いてそう。料理できるし、お母さんのセンス受け継いでそうだし」

「わたしが向いててもしょうがないじゃん」

わたしたちはどんどん近づいてくる展望塔を見上げた。岬の端にあるそれは、複雑に入り組んで見える階層を四方八方の階段がつないだ、塔というには裾が広がりすぎのちょっと奇妙な建物だった。どこかの母親と小さな男の子が二人で上っていて、階段を一つ上がるたびに見えたり隠れたりしている。

「こーれは」見上げるパパイヤの顔はにやけている。「さすがに上るでしょ」

「ほんと高いとこ上るの好きだよね。笑っちゃう」

「なんで？」

「バカと煙はなんとやらって言うじゃん」

「なんとやらって？」

「え、言わせんの」

「は？」

「バカと煙は高いところに上るっていうことわざ？　慣用句？」と首をかしげる。「が、あんの」

パパイヤは黙って二、三歩——と思ったら何十歩も進んで、展望塔の上り口の一つの前に来たところで、ようやく振り向いて口を開いた。

「ウチはバカで、あんたは煙ってこと？」

「そんなことは」思わず息を吐き洩らしてから「言ってるか」と自問する。「いや、でもわたしは関係なくない？」

「いや、あんたって煙みたい。昨日はバカだったけど」

「だから昨日のこと言わないで」

煙。広くて青い空に、あの時写真を燃やした煙がまた思い浮かんだけど、そこに胸を締め付けるようなものはなかった。

「でも、いいね」わたしはしみじみ言った。「わたしたち、バカと煙だったんだ」

「よくはないでしょ、こっちはバカって言われてんのに」

くすくす笑いが止まらないわたしを前にして、展望塔の階段を右に左に、バカと煙のようにふらふら上って行く。入り組んでいるように見えて一本道の階段は、なかなか視界が開けない。

「なんか、さっき」わたしの息は少し切れていた。「話、途中じゃなかった？　家政科？」

「ウチで終わったんだっけ？」パパイヤは「まーいいや」と言いながら一段飛ばしでゆっくりぐんと踏み上がる。「そう、家政科ってそんなんだからさ、自分のやりたいこと選んで専門学校行って就職するんだって感じなの。そうじゃなさそうな人もいるけど」

「とりあえず手に職あったら、つぶし利くもんね」

「でも、やっぱ決めてる子はもうバシッと決めててさ。なんか、よくない？　道が続いている感じ。あとは、今がんばって、その道をちゃんと進めるかどうかだけじゃん。ウチだってがんばってないわけじゃないけど、そのがんばりって学校の中で比べてるだけで、どこにも続いてない感じして」

「悩みって、それ?」

「え?」

「昨日言ってた」

「ああ」とパパイヤは意外そうに笑った。「話、覚えてたんだ」

「覚えてるよ」

「まあ、そういう感じ」と言うけど、秘めた思いもあるみたいだった。「に近い」

「今がんばって、その道をちゃんと進めるかどうかだけ、かぁ」

わたしが踊り場で息をつきながら繰り返すその間にも、パパイヤはトントンと足を左右に振り出して、部活の練習でもするみたいに先に上がっていく。

「何をするかはわかんないけど、早く、そういう状態になりたいかな」

わたしは屈伸したあと拳で腿を叩きながら、その背中を見上げていた。

「そしたら、ごちゃごちゃ余計なこと考えなくてすみそーじゃん」そこで何気なく手すりをつかんで振り返りかけたパパイヤの首がすぐ前に戻る。「頂上だ！」と弾んだ声だけ置いて、もう一つ上の階段も一気に上がっていった。

こういうとこであんま頂上って言わなくない？　と心の内で思ったけど、別にまちがってはいないのだろう。パパイヤはそんなことばかり言う。バカと煙という言葉がまた頭をよぎって、気持ちは軽く階段を上る。

そのくせ高所の景色が好きとかテンションが上がるとかいうわけではないから、わたしが一番上に着いた時に見た背中と横顔は、なんだか憂いさえ帯びていた。

「なんで？」わたしは笑って声をかけた。「急にさみしげ？」

「高いとこってさみしくない？」

「そう？」

「すっごい高いマンション住んでる人って、毎日こんな気分なのかな」

一瞬住んでたけどそんなことないよと思いながら、わたしはパパイヤの隣、光を照り返している銀色の柵に体をもたせた。どこにいたって、さみしい時はさみしい。

富津岬の突端は消波ブロックで守られた防波堤だ。それを回りこむようにして東京湾に入ってくるいくつもの潮の流れが、微妙に青色を変えて並んで、それぞれの波を立てている。その先には、内湾との境を示すように、満潮に近づいているのに乾いた白い砂を輝かせる砂州が、対岸の横須賀《よこすか》の方へ、うねりながら長く続いていた。

「お母さん、大学の話とかぜんぜんしなくなっちゃったし」

「パパイヤがしなくなったんでしょ」

「お」と尖った口が横目にちらつく。「言うじゃん」

「だんだんわかってきたから」

「でも、キャンパスライフってつまんないかも。そんな気してきた」

「そんなのわかんないでしょ」

「そうかな」

わたしは海を見下ろしてから「意外とないね、風」とつぶやいた。

砂州を越えれば波もほとんどない内湾は群青の砂漠のようにどこまでも静かで、遠くに見える小型の船も上下することなく重そうにじりじり進む。製鉄所の反対側が見える。その奥にしまわれて、わたしたちがいつもいる干潟は見えない。

「で、あんたは？」

「なに？」

「なりたいもの」

「わたし?」

「他に誰がいんの」

よく見ると長い砂州には沢山の水鳥たちがいて、見張りでもするように波の方を向いていた。その手前で阻まれて戻って行く引き波は、岬の先端あたりで打ち消されて色を失う。それを避けて岸の方へ逃れた流れが、砂州の横を抜けて岬の北側、さっき歩いて来た砂浜へささやかな波を寄せている。

「写真じゃない? カメラマン? マンじゃないな、写真家?」

「どうして?」

「釣りはやめたけど、カメラはやめてないじゃん」

ピアノもバレエも、それから全然本格的じゃなかったけど、絵もフルートもギターも、あとは手品もちょっとだけ習ったことがある。みんな続かなかった。ママだって、わたしをそういうものにしたかったわけじゃないんだろうけど。

「なんで好きなの、写真」

「わたしだけが気付いてるって思えるから」

「何に?」

「この世界の」言ってから「なんだろ」と考える。「その美しさに?」

「えー」声はいつにも増して長く伸びた。「いいじゃん」

力なく笑って手すりに両肘をついて、顔を隠そうとしている自分に気付いた。

「写真をやるには弱すぎるよ、わたしは」そう言って、遠くではなくすぐ下の海を見下ろす。「変わっちゃうのに耐えられないから」

「でも写真って、撮る方が気付いてなくても写るじゃん。それならよくない?」

私がそれについて答えられないでいるうちに、パパイヤは言った。

「変わっちゃうのかなー、ウチら」

青春という言葉が思い浮かんだけど、恐怖とも感動ともつかないざわめきが心いっぱいに広がって口が動かない。何秒もそのままでいると、わたしの顔の前にパパイヤの手が伸びてきた。人さし指が立っている。

「言わないって」

「ちがう、あれ!」

パパイヤは叫んで、その指を海へ飛び込ませそうなぐらいの勢いで下ろした。

「あそこ！」

指先を目で追うと、岸に近い海の青の中に浮かぶものがある。白いラベルの貼られた大きなボトル。

「マジ？」

「マジ！」

「同じやつ？」

「たぶん！」

「パパイヤ、行って！」大声あげて背中を叩いた。「わたし、上から見とく！」

パパイヤは柵から弾かれたみたいに飛び出していった。二、三段飛ばしで降りていくガンガンという音が、小さくなりながらいつまでも響く中、わたしはボトルに目を凝らしていた。岸に沿って流されていくけど、近づく様子はあまりない。そのあたりに、砂州の後ろに回りこむような流れがあるようだった。

展望塔の階段から、パパイヤがピンボールのボールみたいに出て来た。こちらを振り仰ぎながら走る。わたしの指を頼りに前を向く。

パパイヤはボトルを見つけて、そこから一番近い堤防の際に立った。岸から三十メートルくらいだろうか。

「取って!」

わたしは叫んだ。パパイヤがそれを海に放った日のように、靴や何かを脱ぐなら脱いで、海に飛び込むと思ったのに、そうならない。少しずつ動くボトルに合わせて、何歩か横に動くばかりで、時々、戸惑ったようにわたしを見上げる。

「ちょっと!」

もう一度、さっきより声を張り上げたわたしに向かって、パパイヤが今までにない鋭さで振り向いて、叫んだ。

「泳げない!」

「はい?」展望塔の上で、相手には聞こえない声が出た。

「深くてムリ! 早く来て!」

できる限りの速さで階段を駆け降りながら「泳げない?」と声が出た。「なに言ってんの?」笑うとかそんなことでは全くないのに、落ち着かず「え?」「ウソ」と言い続けた。柔らかい砂の上に出て、転びそうになりながら堤防に向かって走る。

上から見た場所にはもういない。だいぶ移動して、駐車場の前で沖を見ていた。数十メートル先に、ボトルが小さく浮かんでいる。駆け寄りながらリュックサックを下ろし、カメラを首から外し、大声で訊いた。

「あれ、そうだよね？」

「そう、ホント、同じヤツ」とパパイヤも興奮している。「どうしよ、流されちゃう」

「ていうかなに、泳げないの？」フィッシングベストも落とすように脱ぐ。「ウソでしょ？」

「仕方ないじゃん！」

「それで」Tシャツを脱ぐ合間に「わたしの自転車ッ」と文句を言う。「バカにしてたの？」

「ごめん」と言って「え」と驚く。「あんた泳げんの？」

上はスポーツブラ一つになったけど、そんなこと言ってる場合じゃない。

「泳げるし」サンダルの面ファスナーを一つ剥がす音。もう一つは「フツーは！」の大声とかぶった。

「泳ぐからスポブラ？」

「なにそれ」指をさしてくるパパイヤに「意味不明」と吐き捨てて、振り返りつつ飛び込む。「いつもだし！」

パカみたいな会話を頭まで浸かった海の中に置き去って、クロールでボトルの方へ向かおうと上半身を大きくひねった時、膝をついて心配そうにこちらを覗きこんでいるパパイヤがちらっと見えた。わたしは叫んだ。

「まかせて！」

ショートパンツがちょっと重かったけど、泳ぐのに問題はなかった。真夏の海のぬるい冷たさが心地よくて嬉々《きき》として体が動く。泳ぎはママからしか教わったことがない。色んなリゾートプールで特訓した。しゃらくさい。でも、それで今、こんなところでウイスキーボトルなんか追いかけている。この夏は、どうしてこんなにおかしいんだろう。このまま波の間に、しゅわしゅわ音を立てながら消えてしまいそう。

砂州の方へ遠ざかろうとするボトルに難なく追いついた。それを手に取り、岸を向いて軽々と掲げると、パパイヤは大きく腕を上げて応え、そのまま頭上で拍手した。

ボトルが空なのは、掲げる時にわかった。でも、がっかりなんてしなかった。

流される前に、ボトルを先にした横向きの体勢で岸へと泳ぎ始める。少し近づいたところで立ち泳ぎになると、右手でボトルを海面に叩きつけ、左手を口に添えた。

「入ってなーい！　空っぽ！」

パパイヤはしゃがみこむだけで、声を返さなかった。わたしはそこから、平泳ぎのキックだけでのんびり戻った。パパイヤにかける言葉を考えながら。

堤防のすぐ下はぎりぎり足先がつくくらいの深さだ。まだ砂になりきれない砕けた貝殻が足の裏を刺激する。コンクリートについた藻が濡れていて、潮が引き始めているのだと知れた。

「せっかくがんばったのになー」口を薄く開け、海水を長いこと吹き飛ばす。それからボトルにしがみつくようにして仰向けで空を見上げて「でも冷たくて気持ちいーから」と言った。「まあいいや」

わたしは本当に清々《すがすが》しい気持ちだったけど、堤防の上のパパイヤはしゃがんだまま、片手で目を覆って動かない。

「なに、もしかして泣いちゃってんの？」わたしは下から明るい声をかける。「同じボトルが流れてるだけで、かなりの奇跡だと思うけど。同じでしょ、これ？」と続けても反応がないから「ね、それ、ほんとに？」と訊き、ボトルを持って反対の手に打ちつけて「おーい」と声をかけながら何度か音を鳴らした。「ほら、とりあえず同じゴミは回収したからさ、パパイヤのポイ捨ての件はこれでチャラじゃない？　よかったね」

目を覆ったままの手の下から口元だけが覗いている。何か言いかけるように、意思を含んで少し距離をとった上下の唇を、わたしの方は口をぽかんと開けて見上げる。海底につま先立ちして軽く跳ねながら、目を離すことができない。

やがてそこから「ねえ」と低い声がした。

「え？」開けた口が勝手に発する。

「ウチが見る前に、あんたが確認してほしいんだけどさ」

「うん」

「ラベルの右下の方、2・7って書いてるとこと、バーコードがあるとこ」

「なにそれ」自分の顔が強張《こわば》るのがわかった。「ちょっと待って」と言って、伸ばした手に持ったままのボトルの方は見ないで訊いた。「なんか覚えてるってこと？　目印みたいな？」

「覚えてる。歩いてる時にさんざん見たから」

「今、わたし、まだ見てないからちょっと待って、まだ言わないでよ」口元を洗う波の塩辛さも気にせず言い立てた。「もしさ、パパイヤの言う目印があったら、どういうことになるわけ？」

「どういうことってなに」

「だって、絵は入ってないんだよ。空っぽ」

「そんなの、どっかの誰かが絵を抜き取ったんでしょ」とパパイヤは目を覆っている右手に、左手も重ねた。「そんでまたボトルだけ海に捨てたの。その絵だけ欲しがるような誰かが」

「誰かって」

見えるはずもないわたしの笑顔に応えるように、パパイヤも微笑んだ。

「ウチはそんな頭おかしいやつ、一人しか知らない」

口も頭も背筋も、痺《しび》れたように動かない。足だけが心臓の鼓動のように勝手に跳ね続けるような不思議な感覚の中で、やっと言った。

「わたしも」

そのまま、上下する水面に合わせた呼吸を弾ませて、パパイヤの口に浮かんだままの笑みや、しゃがみこんでこちらに突き出た膝を見上げていた。

「でもさ」ふいにパパイヤが言った。「あんま期待しちゃダメだからね」

「どうして？」慌てて子供みたいな声が出た。

「そんな奇跡とか夢みたいなことって、めったに起こんないんだから」

「そうかな」

「そうだよ」

「わたしはそう思わない」

「なんで」

「この夏、奇跡みたいなことばっかり起こって、ずっと夢みたいだったから」

パパイヤの口は何か言いそうに動きかけたけれど、結局、あたたかそうな息が洩れただけだった。

「だから、期待してもいい？」

「うん」

目元はしっかり両手で覆われているから、震えた声の理由は確かめられない。

「ねえ」とわたしは先を急ぐ。「せーので見ようよ」

ひそかに唾を飲みこもうとしたパパイヤの首筋が一瞬だけ引きつるのをわたしは見

た。パパイヤは軽い咳払いをしてから言った。

「どーしたらいい？」

「とりあえず、目印を教えてよ。わたしもまだ見ないから」

「えーと」思い出すように口を開けてパパイヤは言った。「ラベルの右下らへんにさ、2・7って書いてあって、バーコードが縦に並んでるとこがあるんだけど、その上に、数字とバーコードに両方かかるみたいに、縦に一直線に引っかいたような傷があんの。三センチぐらいかな？　線も割と太くて、向こうが透けて見える感じ」

「へえ」

「これで何もなかったらうける」

「うん」わたしはつま先立ちで波に揺られながら「じゃあ、次」と言った。「あ、まだやらないでよ？」と注意を置いてから「えーと」よく考えて慎重に指示を出す。「手を外して、目を開けて、まっすぐわたしだけ見て。わたしもそうするから」

「うん」まだ見ざるの姿勢で答えるパパイヤ。

「それから、せーので、わたしが間にボトルを出す、から、見よう」

「わかった」パパイヤは言って「じゃあ、取るよ」と一つずつ手を外した。

眉間に軽くしわを寄せて、閉じた瞼《まぶた》は、濡れたような睫毛を従えて小刻みに震えている。わたしはそれをまっすぐ見上げていた。

「目、開けるよ」

「うん」

返事のある一点に向かってパパイヤの目が開く。眩しさの中で一瞬にして色づく視界。その真ん中、海の中、濡れた髪を後ろにやったわたしがまっすぐに向けている瞳。そのヘーゼル色をママはよく褒めてくれた。

「あんたってさ」目を細めたパパイヤが言う。

「余計なこと言わないで」

「だって」

「だってじゃない、いくよ」

わたしたちは見つめ合いながら、互いにわかるように大きく息を吸って声を合わせる。

「せーの」

二人の間にボトルを差しこむ。ずさんな計画では面も視線も合わないで、咄嗟《とっさ》に持ち替えくるくる回し、二人ともにラベルが見えるように止めた。わたしたちの目は、きっと同じ瞬間に、数字を割る太い傷をとらえた。

二つの視線が大急ぎで引っ張り合うように、再び互いを見合う。

歓喜の声。跳び上がるわたしと、腕を下に伸ばすパパイヤ。

二人の間にある段差のもどかしさを殺してしまいたくて、わたしはパパイヤの腕をつかんで思いきり引っ張った。派手な水しぶきの泡が消える暇もなく、もう足がつく海の中、わたしたちは互いの体がそこにあるのを確かめ合うように、痛いほどきつく抱き合った。交わしてきた言葉を大空へ返すように、何度も何度も高い声を上げた。目いっぱいの涙は二人分、一つしかない海にまぎれた。

わたしたちはボトルを二人の間に置いて、服が乾くまで浜にいた。強くなっていくばかりの夏の陽射しのおかげで、着たままでも時間はそれほどかからなかった。

やがて立ち上がり、目的がいっぺんに済んでしまったさみしさみたいなものを引きずって、元来た方へ歩き始めた。行きと同じように誰もいない浜には、さっき濡れていた砂の上につけた自分たちの足跡が乾いてぼんやり残っていた。

「あっ」

そんな声が出たのは、しばらく行ってあることを思い出したからだ。

「え、なに？」

「忘れた」とパパイヤを見る。「かき氷」

「いつでも食べれるでしょ」

「いっしょに食べたかったのに」

「いつでも食べれるでしょ」

パパイヤが繰り返したのをきっかけに、お弁当の話になった。お昼にはまだ少し早いから、ひとまずバスで木更津駅に戻ることにした。わたしも、たぶんパパイヤも、早くいつもの場所で話をしたいと思っていた。予定が決まるとなんとなく二人とも黙って、しばらくは波のさざめきと砂を踏む音だけがした。

「すごかったね」前を歩くパパイヤが言った。「なんか、色々」

「すごかった」

「こんなことあったらさー」

そう言ったきり、パパイヤは片手に持ったボトルを手首だけでゆっくり傾けて遊び始めた。それを見て、わたしは立ち止まった。自然とカメラを構えていた。

ファインダー越しの景色の中をゆっくり遠ざかるパパイヤ。

少し距離が空いて、シャッターを切ろうとした瞬間、パパイヤが振り返った。

「ずっと友達だね」

短く軽いシャッター音が言葉の途中に挟まるのを、わたしは確かに耳にした。

「うん」とわたしは答えていた。

高鳴る心臓の音がパパイヤに聞こえてしまいそうで、わたしはリュックサックを背負い直した。ひとりでいた時、静かな胸の鼓動をいやというほど聞いた。今はこんな時にしか聞こえてこないから、生きていることさえ忘れてしまう。

パパイヤは前を向きながら、ウイスキーボトルを大事そうに抱えた。

「それ、どうしよっか」と背中に声をかける。

「ウチらの、とんでもない思い出の品だからなー」

「木の墓場に置いといても捨てるのと一緒だし、うちに置いとく？　パパイヤが持っといてもいいけど」

「いや、うちにあると自然すぎてやばい」

「あー」意味がわかって力が抜ける。「なるほど」

「すぐ捨てられて終わりだから、あんた持っといてよ」

「わかった」

「ほら」と差し出してくる。

「なんで?」わたしはリュックサックの背負い紐をつかんで、受け取らない姿勢をとった。「今は持っといてよ。そんなデカいのリュックにも入らないし、入れたくないし」

「いいから、ちょっと持っといてって」

妙な頼みをしてくるパパイヤは真面目な顔で、怪しむわたしにボトルを差し出したままだ。

「なに、怖いんだけど」

体を引きながら、あくまで冗談っぽく受け取ったのは、パパイヤが何を企《たくら》んでいようと返す刀で笑顔にしてやろうと決めていたからで、だからわたしは、わたしのことを、わたしの知らないところで、わたし以上に考えたり汗を流したりしてくれる人がこの世にいるなんて、やっぱり夢にも思えなかったのだろう。

手ぶらで波打ち際を歩いていくパパイヤの向こう、穏やかな海には、見渡す限りに連なる入道雲が白く映っていた。

「なに考えてんの？　よからぬこと？」

そう言って歩き出してもしばらく気がつかなかったのは、わたしもやっぱりそのウイスキーボトルをすごく大事に抱えて歩いていたからだ。それでも、ちょっとした足場の柔らかさで膝を折るようにこけるんだから、やっぱり運動神経が悪いのだろう。振り向いたパパイヤが笑うのと腕の中に軽い響きを感じたのが一緒で、わたしの返す刀とやらは役目がなかった。不思議に直面した子供のようにただ黙って、情けなく砂に膝をついたまま、ボトルの蓋を開けて、逆さに傾ける。

砂の上に音もなく落ちた、カギ。

あの日、笹藪の向こうに光って消えた、ママの机の引き出しの真鍮のカギ。

そのとき確かに聞いた波の音を、わたしは覚えていない。あんなに特別な、一度きりの瞬間なのに。

「どうして？」

いつの間にかすぐそばにいたパパイヤを、わたしは見上げた。こんなに何度も見上げた人は、他にはママしかいないと思った。わたしの人生を使ってこの体や頭がけりをつけようとしている色々とはあまり関係なく、わたしはこの時、彼女を親友と思うことに決めた。

「別に、ああしろこうしろ言わないけどさ」いつものようにぶっきらぼうに、わたしの親友は言うのだった。「あんたがほんとに悩んでることぐらいは、わかるから」

それでもういつの間にか、寄り添うようにしゃがみこんで、海を見ている。

「お母さんと話してみなよ」

いつもの木の墓場。パパイヤが来た時、わたしは倒木に腰かけてポケットアルバムを見ているところだった。

「ちょっと、何それ、写真?」

見るなり大声を上げてリュックも下ろさず、空けていた隣に駆け込むように座って覗きこんでくる。

「現像したんだ？」

「うん」

　笹藪の間に空いた砂利道をふさぐように建っている灰色のフェンス。網目にはいくつかの案内板が備えつけてある。南京錠を付けた門が通されているけれど、フェンスと藪の間には人が通れるぐらいの隙間があって、そばには「歩行者通路」と書かれた赤いコーンが置いてある。

　人ひとりがやっと通れるほどのまっすぐな砂利道。左は笹がびっしり生い茂り、右は背の高い草木に覆われて薄暗い。

「入口のとこ。これ、いつ撮ったやつ？」

「初めて会った日の、パパイヤが来るちょっと前」

「うそ」

「ほんと」

高い空の下、ヨシ原の中に顔を出している細長いコンクリート建造物の廃墟。何本かの木が寄り添うように立っている。

「所ジョンの家だ」

わたしたちしか知らない名前をパパイヤが言って、わたしは大きくうなずく。微笑みながら。

灰と青が混ざりきったような一面の海。動きのない海面のところどころに流木が突き出て、何羽かの鳥がとまっている。左に見える遠い対岸には工場群があり、煙突から出た蒸気が薄い雲につながっている。

流れ着いた雑多なものが散乱している浜。湿って黒ずんだ砂の上には、流木や貝がら、海藻の他にゴミも多く打ち上がり、ある物は砂に半ば埋まっている。空き缶、ペットボトル、おびただしい数の育苗ポット、カセットガスボンベ、インクの透けた平和島競艇場のラインマーカー、輪ゴムで束ねられたカロナール錠、発泡スチロール箱、ビールケース、培養土の空き袋、ポリタンク、クロックス片方。くすんだ色とりどり。

小さく打ち寄せる波の連なりの奥にそびえる松林の黒い影。その波打ち際には、立ち枯れたり倒れかけたりした木や流木が大小いくつも折り重なって、半分海に浸かっている。

ぶれた倒木の奥に、のっぺりした灰色の海と空。その境目になめくじのように横たわる、かろうじて形のわかる工場群の黒っぽい影。

「これ、もしかしてウチが撮ったやつ？」

「そう」

「ぜんぜん違う。あんた、やっぱ写真の才能あるんじゃない？」

「こんな写真撮る人に言われてもなー」

「ふっ」と笑って次を指さす。「あーこれ！」

お互い倒木の上に乗りだして、肩を寄せたパパイヤとママイヤ。信じられないほど真っ赤な目。ちょっとぎこちない笑顔。


「なつかしいよね」

「死ぬかと思ったなー。めちゃくちゃ笑ったけど」

「すごかった。ちゃんと効果あるんだね、ああいうの」

「そりゃそうでしょ。フツーならここで絶交してておかしくないから」

「会ったばっかで絶交」と笑う。

「でも、これで急に距離縮まったからさ、あんたのお母さんのくれたのが役に立ったってことじゃない？」

「そんないい話だったんだ」


水平線まで薄い雲の張っている夕空の下、干潟は潮が引いて、ずっと先まで砂泥が広がっている。ところどころの潮だまりは青黒く見える。

倒木の上にのせられた、青っぽい泥をまとった黒のローファー。紺色のソックスは足首まで下げられて、少し砂がついている。

「何これ、ウチの？」

「ローファーで来るのやめるって言うから、見納めに撮ったはず」

「ぜんぜん覚えてない」

まだ地平線からは離れている太陽が、わずかな雲の切れ間から黄色っぽい光をまっすぐ投げかけている潮の引いた干潟。太陽とを結んだ線上にあるいくつかの潮だまりだけが、光を映して白く浮いている。

船台に載せられたいくつかのプレジャーボートの手前に広がる原っぱ。真ん中で、角を生やした白ヤギが草を食《は》んでいる。首輪からのびた青いロープは途中で草に埋もれる。

干潟の乾いた砂の向こう、濁って茶色っぽい帯のように広がる海。その先の地平には空の澄んだ青よりも濃い山並みがくっきり現れ、その一番遠く、一番大きな富士山がゆるやかに裾を広げてそびえる。

「今日もこのくらい見える、富士山」

パパイヤが言うから、わたしは顔を上げた。

「ほんとだ」

「来るとき、いやでも見えるじゃん」

「気にしてなかった」

「じゃあ、どこ見て歩いてんの？」

「カニ」

倒れた木の端がいくつも見切れている奥、水の引いた干潟の真ん中に、一人の男の子が小さなレジャーシートを敷いて座っている。白いキャップをかぶって、隣には青いリュックサックが置いてある。


「出た」とパパイヤの声が一段と弾む。「元気かな」

「あれから来ないね」

「来るわけないじゃん、こんなとこ。宿題の絵だけ描きに来たんでしょ」

「でもさ、親もよく一人で来させたと思うよね、ああいう子を」


左手に水入れを持ち、右手でレジャーシートの端に青いリュックを置いた瞬間のパパイヤ。対角線上の端を脚を伸ばして踏んでいるが、風にあおられたシートが浮き上がり、今にも体に覆いかぶさろうとしている。


「あんたこの時、ぜんぜん手伝わなくて最悪だった」

「手伝ったじゃん」

「ウチに言われて、でしょ」

「でもほら、このシートとかもさ、お母さんが用意してるっぽいじゃん。水筒とかも持ってたけど」

「ごまかして」

「そんな感じなのに、一人で来さす？」

「まあ、確かに」と言って急に口元を押さえる。「変かも」

「今さら考えてもしょうがないけどね」

「近所の子だったりして」

「ありえる」

「それかまあ、人にはわからない色んな事情があんじゃない？　あんたみたいに」

「なるほどね」

　海を背にした男の子が、胸の前に絵を掲げている。海が迫りつつある干潟を描いたその絵は写実的で、背後に映りこんだ工場が凹凸もそのままに再現されている。しかし、空は全て黄色に塗られている。

「お母さんに怒られなかったかな」とわたしはなつかしく思い出しながら言った。

「すっごい気にしてたよね」

「二枚目のは平気でしょ、こんなんじゃなかったから」

「そっか」

「今なら、一枚目の持ってけってビシッと言ってやるのにな」

「人は変わるねぇ」

そんな風に茶化したのがいけなかった。パパイヤはここぞとばかり、ぶつかるくらいに体を寄せてきた。

「それ言うならあんただって、どういう心変わり？」

「何が？」

「写真、現像したの」

「ちょっとね」

「お母さんと話したからでしょ？」

わたしの答えを聞く前から、パパイヤはすごくうれしそうだった。お見通しなら仕方ない。こっちもなるべく笑顔で言った。

「来週、ベルギーに行くんだ。ママに会う予定。ママのパートナーとも」

「お試しって感じ？　よかったら一緒に住んで、みたいな？」

「まあ、そこまで決めてないけど。そうするにしたってまだ先だし」

「よかったじゃん」

「まあね」

「なに？」

「なんか、ムリだったらさー」背を丸めて、前を向いたまま言った。「戻ってきてもいいよね？」

「当たり前じゃん。そんなんあんたの勝手だし」

「そっか」とわたしは安心する。「そうだよね」

「こっちの家はそのままにしておくってこと？」

「うん、ママに頼んでみる」

そう言って、わたしはアルバムに視線を落とす。

抜けるような青空の下、遠くまで続く干潟の砂泥の果てに灰色をした海の帯。

そこに向かって歩いている、手に持ったボトルと光を返すふくらはぎが目立つパパイヤの小さな後ろ姿には、かろうじてわかる足跡が長くついている。

抜けるような青空の下、遠くまで続く干潟の砂泥の果てに灰色をした海の帯。それを背に、さっき自分がつけた足跡のすぐ横を歩いてくるパパイヤの姿。

「エイを踏まなくてよかった人だ」

「ほんと危ない。踏んでたらこの夏のこと全部なしでしょ？　わかってんの？」

「わかってる、わかってる」

「ぞっとする」

ページをめくると、左上のひときわ輝く写真が目を引く。

「コレクションだ」

箱いっぱいにひしめく黄色いもの。小さなバケツ、ニコちゃんマークのキーホルダー、犬用フリスビー、アヒルのおもちゃ、ピカチュウの人形、蛍光色の使い捨てライター、片っぽ靴下、トラベルポーチ、大きなバナナのシール、陸上用スパイク、ビーチサンダル、透明な下敷き、レゴブロック。

「ここにさ」パパイヤはアルバムをめくって、男の子が黄色い空の絵を持っている写真を指さした。「これが入ってるってことだ?」

「そう」

「絶対?」

「絶対!」

砂利道の脇に並んだ丈の高いヨシ。奥を見通せないほど密生しているが、何本か倒れて少しだけ明るく見えるところに、斜めに倒れた自転車の後輪がかろうじて見える。

原っぱの片隅にある小屋の中、寝そべって顔を出している白ヤギ。

ちょっとピンボケしたママイヤの顔のアップ。前髪の下でひそめられた眉、むきになったように軽く見開いた目、結んだ口のわずかな尖りと頰の膨らみとに、微かな笑いの色がにじんでいる。


「あんたがすねた時」

「抜いてやろうと思ったけど、いい写真だったからやめた」

「確かに、ウチが撮ったわりにいいね」

「これもいいよ。わたしが自転車に乗れてぐうの音も出ないパパイヤ」


ポケットに手を突っ込んで、ヨシ原をバックに立っているパパイヤ。写真を撮るのを仕方なく受け容《い》れていることを示すように持ち上がった左の口角と、レンズよりも下を見ている目。

「自転車見てるの」とわたしが言う。「ほら、目線が」

「ちがう、あんたの肘見てた。でっかいかさぶたあって」

「あ、そうなんだ」

「まあ、自転車も見てたか。ホームレスの自転車乗ってんだもん」

「ここからは、そのホームレスの自転車で行った袖ケ浦」

船だまりに係留されている沢山のボート。杭を挟んできれいに並んで、内側の白や淡い水色が明るく光を弾く。順光だから水は深い青、一面にさざ波が立っている。

半分ほどが車で埋まった大きな駐車場の奥にぽつんと建つ観覧車。フレームに透けている青空に、一つ一つ色分けされたゴンドラが虹のように円を描く。

「約束、覚えてる?」

「絵が見つかったら、でしょ。見つかってないから乗らない」

「なにそれ」

「あと、そもそも約束してないし」

「そうだっけ？」

赤い自転車を押すパパイヤの後ろ姿。左には、水平線まで海が広がっている。パパイヤの少し前にあるヤシは幹しか写っていないけれど、延々と並ぶヤシは奥に行くに連れて小さくなって、遠くの方では天辺《てっぺん》に広がった葉まで見える。ふくらはぎまでしっかり日焼けしたパパイヤの足首だけ、靴下の跡でほの白い。

体を反って長い腕を上に伸ばし、展望塔の上から眼下を眺めるパパイヤの後ろ姿。その奥の群青の海、水平線にはフジツボがついたように低い街が霞んで見える。すぐ上に厚い夏の雲が帯をつくって、上空は雲の少ない青空。外を向いた指先は、かすれた雲にかかって柔らかくほどけている。

「現像してて思ったけど、やっぱ、あんま写真撮らなくなってきてさ」

「お弁当の写真撮ればよかったのに」

「なんで？」

「おいしかったから」

「バカっぽいね、今の」

「あんたなんか煙じゃん」

「そう？」

「そんでだから、富津公園の写真もぜんぜんないんだ」とわたしは話を戻す。「あの、砂浜にあったポットとか、撮っとけばよかった」

「あれ！」大声を出したパパイヤの体が座ったまま跳ねる。「何だったの？」

「わかんない」とわたしは笑う。

「なんで熱々のお湯入ってんの？」

「熱々のお湯」とさらに笑う。

とりとめのない話のせいで、わたしの計画は台なしだ。


バスの車内。ちらほらと空席もあり、後部ドアの前のスペースには誰も立っていない。後ろから斜めに差した陽光が、その床に白い襷《たすき》をいくつもかけている。

「こういうのもさー」なんとか軌道に乗せようと言う。「わざと思い出にならないように撮ってるって感じする」
「なんだっけ？　思い出を、巻き上げる？　とかどうのとか言ってたね」
「うん。だからさ、ここに入ってる写真は、今ここで見ておしまい。ネガも捨てちゃった」と言ってから指をさす。「あ、でも、この、最後の写真は別」

左に海が広がるゴミの散らばる砂浜に立ち、見返りの姿勢で上向き加減に、こちらを見やるパパイヤ。頰に満ちた微笑が和ませているはかなげな目元、発話の途中で少し開いて尖った口元。体につけた右手に、大きなウイスキーボトルをぶら下げている。ボトルの底にあるごく小さな銀色が、そこだけ透けずに向こうを見せない。

わたしはポケットに重ねて入っている焼き増しの三枚のうち二枚を取り出して、一枚をパパイヤに差し出した。

「あげる」

パパイヤは黙って受け取った。

「これだけはちがう気持ちで撮れたから。これからもそうだけど」

「えー」パパイヤは感心したように言った。「強くなれたってこと?」

「少しね」

微笑みを浮かべながら、パパイヤは両手で持った写真をまじまじと見た。それから、指紋をぬぐって、ひらひらと振る。

「モデルみたいでかっこいいから、手帳に入れて持ち歩くわ」

「手帳持ってんだ、意外」

「あんたと会ったとこに、ママイヤって書いてんの」

想像したら顔がにやけてきたから「呼ばないくせに」と言ってごまかした。

「残りの写真、どうすんの? ここで見ておしまいって?」

「見て」

わたしが膝の上でアルバムを閉じると、今度はパパイヤが笑った。

「うける」

裏にも返して、プラスチック製の表紙がみな黄色いことを確認してもらう。

「きいれえもんだ」

「これを、思い出とかそんなの関係なく、すごく大事にしまっておいてくれるやつ」

「知ってる、一人だけ」

「うん、そいつにあげようと思って」

「どうやって？」

「どうやったって届くよ。海に流しても拾うんだから。まあ、ポンプ場跡のどっかに隠しておこうかなって思ってるけど」

「写真、抜き取っちゃうんじゃない？」

「そこまでやるなら、わたしたちの負けだね」

「ウチらのこと覚えてんのかな？　あんたのことはさすがに忘れないか」

「どうだか。でも、とにかくそうするよ。いい？」

「もちろん」パパイヤは工場の方を見つめる。「自転車、貸しに戻って来るかもよ」

「あんなボロっちいの」と鼻で笑う。「わたし、新しいの買うから」

「え、じゃあ、どっか行こうよ。めっちゃ遠く」

「行く、行く」

　さっきから、低いところを遠回りに選びながら、わたしたちの前に海水が流れこんできている。波も届かず薄く張った水に南中した太陽の光が降りそそいで、一面、大きな鏡のように空を映す。何年もここにいるけど、こんなに美しく広い水鏡をつくるのは初めて見た。

「映《ば》えるってやつじゃない？」パパイヤも感心して、ゆっくりわたしの首元に目をやった。「今日はカメラ持ってないの？」

「うん」

「なんで？」

「今日は話をしに来たから。気が散っちゃうし、置いてきた」

「あんたって、よくわかんないとこで自分に厳しいよね」

　言い返したかったけど、思い当たるところもあったから話を変えることにした。

「このアルバムのおまけにさー」わたしはおしまいまでページをめくった。「載せようとした写真があって」

「へー」

「撮れなかったんだよね」

「何の写真?」

「部活の写真」

「は?」

「内房大会だっけ——の日に、会場行ったんだ。ズームできるちょっと本格的なカメラも持って」

「うそ、君津市民体育館?」

「そう。こっそり撮りに行ったの。わたしのいないところで、何? 勝手に生きてるパパイヤも見ておきたかったし、驚かせてやろうと思って。一日目に勝ったのも、ちゃんとネットで結果を確かめてさ。そしたら、こっちはこそこそ隠れて移動してたのに、試合見たら全然いないし。ベンチにも。もしかして、部活やってたのってウソ?」

「ウソじゃない、ウソじゃない」と強く首を振る。

「だって、いなかったじゃん。学校もボロ負けだし」

「あーほんと」パパイヤはこらえきれないという風に笑い出した。「ボロ負けか」

「あーほんとって、知らないの?」

「その時さ」笑いやまずに体を折って言う。「どこにいたと思う?」

「知るはずないじゃん、そんなの」

「ぜんぜんわかるようになってない、お互いのこと」

「確かに」すぐに富津公園での言葉を思い出せた。わたしは笑っていた。「で、どこにいたの」

「ここ」

「は?」

「ここで練習してた」

「何の? バレーの?」

「そう」

「試合やってんのに?」

「あーちがう」パパイヤは首を振って笑った。そして、「バレエ、」と強調して言った。

「バレエっていうかダンス、踊り」

「はー?」とわたしは大声を出した。「なんで?」

「部活」と言いながらスニーカーを脱ぐ。「やめた」と靴下にも手をかける。「大会の前に。所属してんのに出ないのは迷惑だから」

混乱して言葉が出ない。そんなわたしをからかうような笑顔で裸足になると立ち上がり、ますます磨きあげられたような水鏡の舞台を指さした。

「そこで踊ったら、きれいだと思わない？」

言葉を理解する前にその予感が脳裏を走って鳥肌が立った。

「ウチ、ダンサーになるから。なれるかわかんないけど、なることにするって、自分で決めた」

よくわからない言い方。しかも突然。ワケがわからないままわくわくする心が記憶を差し入れて、言葉は案外すっと出た。

「悩みって、それだったの？」

「そう、自分だけの悩み」パパイヤは手をついた膝を回しながら言った。「最初の踊り、あんたが見てよ」

「いいけど」思わず唾を飲んだ。「それを練習してたの？　ここで？」

「そう」ポケットからスマホを出していじり始めた。「いつあんたが来るかってひやひやしてたけど、まさか会場にいるとはね。うけるわ。あ、音楽流すから」

「スマホ、もう使えるんだ」

「復活した、さすがに」

「言ってよ」

「そっか、もうあんたも持ってんだ」

「そうだよ」

「でも、言う必要ないじゃん、別に。約束なんかしなくても会えるし」

「まあ」最初はそこから始まったけど、わたしたちにはもうそんなに必要がないものかもしれなかった。「そうだけど」

「ちょい待ってて」突っ立ったまま真剣に操作している。

「音楽って『女の子は誰でも』？　あの、体育で発表するやつ？」

画面を睨んで無視。でも聞こえていないわけではない、多分。わたしはパパイヤの体に沿って視線を下ろし、この夏の紫外線を免れて初めて会った時の肌の色を残している足首から下を見つめた。そこに向かって重ねて訊く。

「できた？」

「あれは一人で踊るやつじゃないから」そこでパパイヤはちょっと口ごもって、ぼそぼそ続けた。「あんたのために練習したやつ、やるから」

「わたし?」

パパイヤはリュックを開けて、小ぶりのスピーカーを取り出した。

「えー、なんか大ごとじゃん」

「学校で練習してる時のやつ借りてきた。ここだと、これで流さないと聞こえないから。けど、今日は風ないから平気だったかも。まあいいや」

「あんま反響しないもんね、ここ」と言ってから訊く。「で、何の歌?」

「めちゃくちゃ椎名林檎が好きな子いるって言ったじゃん?」心なしか早口になっているのは、静かに興奮しているからだとわかった。「その子に、なんか励まされる曲ないかって教えてもらってさ。ほんとは自分のためだったけど、聴いてるうちにあんたのことばっか思い浮かんだから、それで踊りも考えたりして、そしたら他のこと、全部どうでもよくなっちゃってさ」

「部活とか?」

「そう、なんかもういいやって。部の面倒なことウチが全部やって、みんなぜんぜん協力しないし。それで次のキャプテンやるのも当然みたいな感じで、なんかもういいやって。グループ作って意地悪したり、後輩にきつくあたったりさ、正直、付き合うの大変だったし」

「それで平気なの？」

「何が？」

「人間関係」

「誰が言ってんの」

そこで、倒木の上に置いたスピーカーから大きな音が一瞬だけ鳴った。ちょっとびっくりしたわたしを無視してパパイヤは続けた。

「前に、ウチらが同級生だったらみたいな話、ちょっとしたじゃん？」

「した」

「同じ学校にいたら友達じゃないーとかって」

「言った、そっちが」

「そう、言っちゃった。まあ実際そうだし。でも、それイヤで」

「仕方ないんじゃない？　場所がちがえば自分もちがうでしょ」

「ウチもそう思ってた。あんたに会うまで」

「変わった？」とふざけて微笑みかける。

「どこでどう生きてても、友達になりたくない？」

一瞬、何を言ってるかわからなかった。よく考えたらわかるし、ほんとに全くその通りだと思うけど、気付けば「もうなってんじゃん」と口に出していた。

「それはそうなんだけど、とにかく、あんたが学校にいなくても、自分が自分だってこと忘れないようにしようって決めたわけ。そしたら自然とそういうことになった。つまりあんたのおかげ。ありがと」

たたみかけるように言い終えたパパイヤを見つめながら、あんたのおかげ、と心の中で繰り返す。わたしのおかげ、と心の中で言い換えたらしっくり来なくて、あんたのおかげ、と今聞いた声を思い出す。ありがとって、どうしていつも、パパイヤばかりがそう言っているんだろう。それを言わなきゃいけないのは、わたしの方なのに。

「今、ウチの人生かなりいいかも」パパイヤの白い歯がこぼれる。「ずっと踊ってんの」

「別に」遅い返事は素直にならなかった。「感謝されるようなことしてないけど」

「いや、あんたのおかげ」ぴしゃりと決めつけて、わたしにスマホを押しつける。

「いいよって言ったら、好きなタイミングで再生押して。最初の音で動き出せるぐらいには練習したから」

そのまま堂々と水の舞台に出て行こうとする後ろ姿にほだされて、気付けば立ち上がって声を上げていた。

「わたしも」

急いで全部伝えようとしたら後が続かない。口を結んでスマホに目を落とすと「人生は夢だらけ」と曲名が書いてある。震えて重たくなる視界に逆らって、顔を上げる。

「わたしのも」

それを言うのが精一杯だった。

「うん」

肩越しにそれだけ言うと、パパイヤは静かに歩いて行って、水の上に立った。丈の足りないハーフパンツからのびた長い脚が、ぞっとするほどはっきり映る。上を向いて深呼吸して目を閉じ、それからゆっくり顎を引いた。

「いいよ」

再生の三角をタップすると、少し遅れて、スピーカーから息を吸う音。

　大人になってまで胸を焦がして時めいたり傷付いたり慌ててばっかり

歌声、それからピアノ。手が上がり、足が離れ、踊りだす身体。差した足先から広がる波紋、抜いた足から跳ねる水の玉。ほんのひと時きらめく光になりかわった海がわたしの目にたまる。

　奔放に広がったのもつかの間、見よう見まねのバレエでなめらかに基本ポジションに戻る足。誰に学んだわけでもなく、静かな空気を弄《もてあそ》ぶように中指を先にして柔らかくしなる指先。歌に合わせた大きな跳躍と同時に遠くを回った脚線が、宙と水面に白くひらめいて視界を斬りながら降りてくる。

　その身体と才能のめくるめく躍動に追いつこうとして高鳴る胸。わたしの胸。

――最近、ずっと踊ってんの。

　遅かれ早かれそうなったのかもしれないけど、わたしはこんなに楽しそうに踊っていられる場所へ、そういう状態に、ちょっとだけ早く、君を導いてあげられたんだろうか。もしそうなら、生まれて初めて、わたしはうれしい。

こんな肝心な時にカメラを持って来ていないぐらいだし、わたしにとって、写真がそういうものかどうかはわからない。それにどうせ、こんなにまばゆい光の中ではともに写りはしないだろう。

でも、だから、せめてこの目に焼き付けたい。

あの人に愛して貰えない今日を正面切って進もうにも難しいがしかし
実感したいです　喉元過ぎればほら酸いも甘いもどっちもおいしいと
これが人生　私の人生　鱈腹《たらふく》味わいたい　誰かを愛したい　私の自由
　　　　　　　　　　　　　　　　　　この人生は夢だらけ

そこで一層高らかに鳴り響く音楽。

青く抜ける空を見上げて手を広げたパパイヤの顔は見えない。そしてまた、刻一刻と領域を広げて海になろうとする水の舞台で踊り始める。

わたしはきっと、ずいぶん前から泣いていた。

一夏に流した涙。みんなわたしで、信じられるわたし。

ピアノやトウシューズに始まって、数えきれないほど色んなものを置いてきてしまったけど、今ここにありあまるほどある。だから笑ってもいた。現れては消える海と太陽が時を織りなす、美しくて汚くて寂しくて優しいこの場所で、夢のような歌と踊りがおひらきになって、どこからか届いた波が舞台を洗い始めるその時まで。

解説

小説紹介クリエイター　けんご

『パパイヤ・ママイヤ』は、〝子供以上、大人未満〟の少女たちが送る、青春のごく一部を切り取った物語である。

主な登場人物は、十七歳の少女二人。「親がむかつく」といった共通点を持つ彼女たちは、SNSを通じて知り合った。偶然、五キロと離れていないところに住んでいることがわかり、直接会ってみることとなる。待ち合わせの場所は、千葉県木更津市《きさらづし》にある、小櫃川《おびつがわ》河口干潟。東京湾に現存する、最大の自然干潟だ。その干潟にある、流木が折り重なった「木の墓場」と呼ぶところで、二人は初めて出会った。

『パパイヤ・ママイヤ』とは、彼女たち自身のことだ。具体的には、SNSで使っていたハンドルネームである。ママがイヤだからママイヤ、パパがイヤだからパパイヤだ。二人は直接出会ってからも、「パパイヤ」「ママイヤ」と互いに呼び合う。木の墓場は、元々ママイヤが訪れていた場所で、パパイヤを呼び寄せる形となった。

会うのは初めてだったのにもかかわらず、ずっと友達であったかのように、パパイヤとママイヤは意気投合した。そして、毎週水曜日の夕方に、木の墓場で待ち合わせることとなる。約束、というわけではない。

パパイヤは、アルコール依存症の父親が大嫌いだ。ママイヤは、芸術家の母親に振り回されている。互いに家族のことで悩み、苦しんでいるのだ。ただ、同様の悩みを抱えていても、二人の性格や歩んできた人生は、まるで違ったものである。

パパイヤは、高校のバレーボール部に所属しており、将来的には部のキャプテンを任される可能性が高い。このことから、彼女に対する周囲からの人望の厚さを読み取ることができる。しかし、パパイヤ自身は、そんなことを望んでいない。学校でのしたくもないやりとりに、うんざりしているのだ。加えて、家には大嫌いな父親がいる。「死んでも悲しくないと思う」と口にしてしまうほど、「どストレートに嫌い」なのだ。パパイヤには、本当の意味での居場所がどこにもなかった。

ママイヤは、学校に行っていない。芸術家で自由奔放な母親は家におらず、中学三年生の頃から一人で暮らしている。ママイヤは、自身のことを「芸術家兼翻訳家のシングルマザーに振り回される一人娘って感じ」と語った。なにもネグレクトを受けているわけではなく、小さい頃は、ピアノやバレエ、絵や写真など、母親から様々な経験をさせてもらっていた。しかし、どれも突出した才能を見出《みいだ》すことができず、居心地を悪くしてしまったのである。そして、母親は娘の才能のなさを感じ取ったのか、ママイヤへの教育に中三の秋で挫折した。ママイヤは、居場所がないというより、どこが居場所なのかわからない、という戸惑いがあるように思える。

他人の気持ちに寄り添うことは、簡単なことのように思えて、実はとてつもなく難しい。理解とは、人の心がそうさせるものではなく、経験や立場から生まれるものではないかと思うのだ。

僕は、世の中には、大きく分けて「強い人間」と「弱い人間」がいると考えている。僕はおそらく、「強い人間」だ。誤解が生まれないように補足するが、どちらが偉いとかは、全くもって関係ない。どちらが幸せかも、全く関係ない。

では、「強い人間」と「弱い人間」とは、一体どのようにして分けられるのか。僕自身の人生を例にして、簡単に説明する。

僕は、ごく普通の家庭で生まれ育った。五人家族で、両親と歳《とし》の離れた兄が二人いる。幼少期からなに不自由なく、食卓には当たり前のように手作りの料理が並び、ときには家族で外食をし、必要なものは基本的に買い与えられた。そして、当たり前のように学校に通わせてもらった。小学六年生の頃には、どうしてもペットが欲しいと駄々《だだ》をこね、犬を飼うことを許された。高校は地元近くの私立高校に、大学は上京して私立大学に通った。社会に出た現在も、いつでも迎えてくれる実家がある。

お金があるとか、権威があるとか、心が強いとか、そういったことを言いたいのではない。不自由のない生活を当たり前のように経験させてもらい、当たり前のように〝居場所〟があった僕は、必然的に「強い人間」に分類されるのである。

では、パパイヤとママイヤはどうだろう。彼女たちは、居場所がないことに苦しんでいる。父親や母親に対して、「イヤ」という感情がある。それは、思春期に訪れる、一時的な反抗期とは違ったものだ。明確な理由がある。また、その複雑な思いを汲《く》み取ってくれる人が近くにいるわけでもない。パパイヤとママイヤは、スポットライトがまるで当たらない、孤独な暗闇に取り残されている。彼女たち自身が、ではなく、彼女たちを取り巻く環境が「弱い人間」にさせてしまっているのだ。

もしも、「強い人間」である僕が、「弱い人間」であるパパイヤとママイヤに出会ったとしよう。そして、会話を通して、彼女たちの不安や想《おも》いを聞いたとする。残念ながら、本当の意味で理解し、寄り添うことはできないだろう。さらには、彼女たち自身も「この人ではわかってくれない」と思うはずだ。

これは、努力で解決できる問題ではない。同じ立場の人でないと、本当の意味で寄り添うことは、不可能に近いのだ。僕は動画クリエイターとして活動しているが、僕の仕事の悩みを本当の意味で理解してくれるのは、同じく動画クリエイターだけだろう。

これらの話からなにを伝えたいかというと、パパイヤとママイヤが出会ったことは、奇跡に近い、ということだ。同年代で、同様の悩みを抱え、自分の居場所を見つけられず、大人に振り回されている背景を持っているから、二人は共鳴できた。そして、互いの胸の内を打ち明けることができた。たったそれだけのことで、二人が抱えていた弱さが、「安心」に変化したのである。学校での人間関係のこと、学校に行っていないことなどは、きっとそう簡単に打ち明けられるものではない。この人なら、と安心できたからこそ、家族のことだけでなく、自分自身のことも話せたのだろう。パパイヤはママイヤを、ママイヤはパパイヤのことを必要としている。人は他人に必要とされることだけでなく、他人を必要とすることも大事なのかもしれない。

物語で描かれるのは、たった一夏の短い期間ではあるが、安心できる存在を見つけられた二人にとっては、なににも代え難いかけがえのない時間だ。

パパイヤとママイヤが出会ってからというもの、刺激的な事件が起こったわけではない。彼女たちの複雑な家庭事情が深く掘り下げられているわけでもない。大きな出来事としては、不思議でどこか惹《ひ》かれる絵を描く少年との出会い、「きいれえもん（黄色い物）」を集めているホームレスの所ジョンとの出会いくらいだろう。もちろん、自転車に乗ったり、バレーやバレエをしたり、少年の絵が入ったウイスキーボトルを探しに行ったりなど、彼女たちの動きは見られる。しかし、行動が物語を動かしているわけではない。パパイヤとママイヤによる、会話と心の動きが物語を動かしているのだ。

終盤、特に印象的なシーンがある。ウイスキーボトルを見つけ出す、という目的を終えた後のことだ。パパイヤが「ずっと友達だね」と言って、ママイヤが「うん」と一言だけ答える。たったこれだけの会話に、強く胸を打たれた。それまでの過程で、二人が歩み寄り、影響を受けあって、前に進み始めたことを実感させられるやりとりに思えた。

そして、続くのが写真の振り返りである。

パパイヤは、わかっていたのではないだろうか。この先も、ずっと一緒にいられる保証はどこにもないことを。ママイヤと出会ったことで、パパイヤは変わった。それは、ママイヤも同じだ。変わったということは、新しい一歩を踏み出すということだ。だから、「ずっと一緒にいよう」ではなく、「ずっと友達だね」という言葉が自然と口からこぼれたのかもしれない。

ママイヤも、わかっていたのではないだろうか。この一夏のように、これから先もパパイヤとずっと一緒にいられる保証はどこにもないことを。だからせめて、このかけがえのないひとときを、この瑞々《みずみず》しい一瞬を形として残す必要があると。だからこそ、彼女は写真を撮り続けていたのかもしれない。ママイヤが写真に収めていたのは、美しい景色ではない。パパイヤとの思い出だ。

乗代雄介さんは、行間の美しさ・書かない美しさを見せてくれる小説家である。特に『パパイヤ・ママイヤ』は、書かない塩梅《あんばい》が絶妙な小説であった。

本書では、最低限の場所と最低限の人物しか出てこない。パパイヤとママイヤの本名が明かされることはない。二人が「イヤ」だと思っている親が描かれることはない。その後、絵描きの少年と所ジョンがどうなったかはわからない。

文章において、書かないというのは、勇気が必要なことである。書かなかったことにより、読み手が書き手と全く別の意図を汲み取ってしまう恐れがあるからだ。

その点、書かないことで美しさを表現できるのは、乗代さんの技術の高さと特有の筆致が織りなすものに他ならない。本当に美しいものを目にしたとき、人は胸が締め付けられて苦しくなるのだと、『パパイヤ・ママイヤ』を読んで実感した。

パパイヤとママイヤは、これからどんな大人になっていくのだろう。

きっと二人のことだ。困難にぶつかったとしても、一歩一歩前に進んでいくに違いない。

「人生は夢だらけ」だ。

本作はフィクションであり、実在する人物・団体等とは一切関係ありません。

本書のプロフィール

本書は、二〇二二年五月に小学館より単行本として刊行された同名作品を改稿し文庫化したものです。

小学館文庫

パパイヤ・ママイヤ

著者　乗代雄介《のりしろゆうすけ》

二〇二四年六月十一日　初版第一刷発行

発行人　庄野　樹
発行所　株式会社　小学館
〒一〇一-八〇〇一
東京都千代田区一ツ橋二-三-一
電話　編集〇三-三二三〇-五六一六
販売〇三-五二八一-三五五五
印刷所――――TOPPAN株式会社

ISBN978-4-09-407360-7